化
城
喻

化城喻

计文君　著

·桂林·

化城喻
HUA CHENG YU

图书在版编目（CIP）数据

化城喻 / 计文君著. —桂林：广西师范大学出版社，
2018.11
ISBN 978-7-5598-1210-0

Ⅰ．①化… Ⅱ．①计… Ⅲ．①长篇小说－中国－当代
Ⅳ．①I247.5

中国版本图书馆 CIP 数据核字（2018）第 219937 号

广西师范大学出版社出版发行

（广西桂林市五里店路 9 号　邮政编码：541004）

网址：http://www.bbtpress.com

出版人：张艺兵

全国新华书店经销

湛江南华印务有限公司印刷

（广东省湛江市霞山区绿塘路 61 号　邮政编码：524002）

开本：889 mm × 1 194 mm　1/32

印张：7　　　字数：135 千字

2018 年 11 月第 1 版　　2018 年 11 月第 1 次印刷

印数：00 001~10 000 册　　定价：48.00 元

如发现印装质量问题，影响阅读，请与出版社发行部门联系调换。

目录

楔子

《法华经·化城喻品第七》

譬如五百由旬险难恶道，旷绝无人怖畏之处，若有多众，欲过此道至珍宝处。有一导师聪慧明达，善知险道通塞之相，将导众人欲过此难。所将人众中路懈退，白导师言："我等疲极而复怖畏，不能复进。前路犹远，今欲退还。"导师多诸方便，而作是念："此等可愍，云何舍大珍宝而欲退还？"作是念已，以方便力于险道中，过三百由旬化作一城，告众人言："汝等勿怖，莫得退还。今此大城，可于中止随意所作。若入是城，快得安隐！若能前至，宝所亦可得去。"是时疲极之众，心大欢喜叹未曾有："我等今者免斯恶道，快得安稳！"于是众人前入化城，生已度想，生安隐想。尔时，导师知此人众既得止息，无复疲倦，即灭化城。语众人言："汝等去来，宝处在近。向者大城，我所化作，为止息耳。"

《诗经·秦风·蒹葭》

蒹葭苍苍，白露为霜。所谓伊人，在水一方。溯洄从之，道阻且长。溯游从之，宛在水中央。

蒹葭萋萋，白露未晞。所谓伊人，在水之湄。溯洄从之，道阻且跻。溯游从之，宛在水中坻。

　　蒹葭采采，白露未已。所谓伊人，在水之涘。溯洄从之，道阻且右。溯游从之，宛在水中沚。

　　虚构腐蚀的世界，若庞大嶙峋的譬喻，遮蔽又张扬着，遥远的时间蜷曲处，那些洁净精微的言语……

前篇

化城

1

　　偷来的锣儿敲不得——酱紫知道，却让自己做了回掩耳盗铃的笨贼。

　　有胆做贼，有心吃肉，就得有身硬骨头去扛打。电话那端林晓筱的斥骂排山倒海汹涌而至，酱紫每次试图分辩都被兜头打了回来，后来她就沉默地挨着，林晓筱的攻击越来越高能，酱紫几次想吼回去，可到底忍住了，忍得整个身子微微战抖。嘟嘟嘟的断线音响起了，酱紫才松开微微疼挛的手，任由电话掉在床上。

　　出租屋里静得让人不安，其他房客都上班去了，只剩下主卧里的酱紫，和失业在家终日打游戏的男友罗鑫。酱紫感觉身体还在抖。她必须要让自己平静下来。她带着怒气狠狠地咬了一口自己的胳膊——没用。看着自己臂上青红的牙痕，酱紫倒在床上，细细辨析这次疼痛也阻止不了的感觉，好像不是平素克制带来的身体抖动，而是遍布全身的战栗……这让她想起小学五年级的暑假，偷偷跟着邻家男生去游泳，第一次学会扎猛子，水的凉意和压力让肌肤起了战栗，陌生的刺激感，难以分辨是快意还是恐惧——再次浮出水面，一种被释放的自由和明亮的夏日阳光同时拥抱了她。她挥动胳膊，水花四溅，放肆地喊叫了一声！

酱紫被自己的叫声惊着了，她没想到自己竟然真的一跃而起并且喊了出来。电脑前戴着耳机的罗鑫沉浸在游戏里，无知无觉，微丝未动。酱紫跳下床，冲进卫生间，困倦、污浊、纠结的感觉被淋浴头喷出的粗壮水流携裹而去，温热微红的皮肤略带刺痛。她开始涂身体乳，在手指的呵护和爱抚下，失控的身体终于平静了下来。酱紫从衣柜最里面拿出一套装在防尘袋里的蓝白格子纯棉家居服，郑重穿在身上，走出房间，穿过凌乱的客厅，走到阳台的落地窗前，脏脏的、冷冷的玻璃窗外是同样脏脏的、冷冷的空气。遥遥对着远处冬日浓重的雾霾中阴沉模糊的建筑物轮廓，酱紫开始了一场只有她自己明白意义的祈祷仪式——抚摸着家居服，嗅着身体乳弥散出的洋甘菊的清甜气味，那气味让人想到春天的田野，清新，有力，生机勃勃……

那气味更让酱紫想起了林晓筱——很多年前，就是在洋甘菊的气味中，林晓筱和酱紫曾经亲密到赤裸相对……刚才电话里的嘶吼叫骂开始在酱紫脑子里回放，极端的愤怒让林晓筱动用了全部的脏话储备：贱人、婊子、Bitch 与"半掩门子"相映生辉——酱紫有些恍惚，就在不久之前，林晓筱还深情款款地在她耳边说："Man always gone, but the girl still here."

那天，两个三十一岁的女子去看《七月与安生》。林晓筱从电影三分之一处开始流泪，断断续续一直哭到结尾，走出放映厅时泪还没止住，包里带的纸巾都用完了，酱紫忙不迭地给她递纸巾。林晓筱带着哭泣方止的鼻音，把头靠在了酱紫的肩上，说了这句话。

酱紫一时间不知道该如何面对林晓筱的大抒情，只能用另一只手揽住绯红羊绒衫下林晓筱日渐圆润的肩头，用力捏了一下。林晓筱收了泪，吊在酱紫的胳膊上，边走边说："十四年了，到现在，还能和你在一起，真好！"

这一幕"故都清秋怜香伴"，此刻想来，让人觉得不大真实；奇怪的是，刚才闺蜜反目的狗血场面，也让酱紫感觉不大真实……当然，酱紫理智上是很清楚从昨晚到今晨发生了什么。昨晚林晓筱让她紧急救援遭遇家暴的小姑姑，但酱紫却偷录下了人家的"家丑"，并在今日凌晨卖了这段视频——因为林晓筱的小姑姑，是那位红透天际的艾薇女士。

艾薇应该算是最早的一批新媒体红人。2012 年 9 月，微信公众号平台上线不足十天，艾薇的"临水照花人"就面世了，一个月后订阅数超过三十五万人，拿到三百万元的天使轮投资，成为当时颇具冲击力的新闻。随着两季综艺谈话节目《艾薇女士的客厅》在多家视频网站上热播，2016 年 2 月 14 日，艾薇的盛世薇光文化传媒宣布完成 B 轮融资，估值达二十亿元人民币。

这一切的基础，是艾薇女士和她那五百多万男女闺蜜粉丝——薇蜜。艾薇一千二百多天如一日地细语叮咛薇蜜们如何在现世的艰难中真正地爱自己，亲力亲为展示各种"爱自己"小道具的魔力，任何一款都立刻能把你幻化为临水照花、灵魂与肉体都香气弥散的仙女或男神，即便无法当下就如艾薇一般收获甜蜜的爱情、成功的事业、美满的婚姻和讲格调有品质的生活，至少也可以收获周遭人艳羡的目光，保有不被庸众理解的文化优越感……对于艾薇深情的细语与长情的陪伴，薇蜜们的回报则是每年在"薇店"消费超过一亿元人民币的实际行动。

艾薇和后来那些卖面膜包包、同样粉丝数百万的"网红"有着质的不同，艾薇的身份还有作家、文化名人。人们在《艾薇女士的客厅》里看到的，是一个网络时代的林徽因，诙谐智慧，在各色文化人中间笑舞飘飘欲仙的喇叭管袖子，不管是谁出轨还是谁出柜，都能聊得精致高雅，情浓说赌书泼茶，情殇讲焚花散麝，总有迷人的味道破屏而出……

艾薇之于酱紫，从少女时代的人生偶像到如今仰望如神祇的行业大咖，一直是影响她命运的重要力量，遥远、微妙却又巨大。就在盛世薇光召开新闻发布会的当天，酱紫正式辞职，成为一个内容创业者。

微信公众号、头条号、微博、直播平台以及其他各种自媒体APP、社群部落……形成了吞吐量惊人的精神产品的自由市场，先走一步的大咖们，譬如艾薇，创造了不可思议的财富神话，如酱紫这样被激励或被蛊惑的小商小贩们，也就蜂拥而至了。只是到了2016年，做微信公众号的比街上卖煎饼的还多，西安的钟楼、扒村的瓷窑都开了自己的微博。一个人，零基础，要运营出有影响力能挣大钱的大号，怎么看都像是白日梦！

白日梦，酱紫却也做得起承转合，有章有法。她以微信公众号"后真相时代"为核心载体，同名头条号和微博营销号作为支撑，兼顾直播，不定期也做几分钟的视频——别人也都是这套章法，哪儿哪儿都是人挤人，既然没有独辟蹊径的可能，酱紫只能在货色上下功夫了。作为移动互联网上贩售内容的小贩儿，跟现实世界的小商贩也没什么本质区别：推车赶早市，夜市摆地摊，白天躲着城管到处窜……做内容跟卖萝卜、白菜、牛仔裤一样需要真金白银做本钱，却又像天桥撂地一样，要有平地抠饼的本事。每次在公众号文章底部写下"欢迎打赏"四个字，酱紫脑子里就会回响起郭德纲调皮妩媚别具韵味的《大实话》："曾记得早年间有那么句古话，没有君子不养艺人……"

即使那些"热爱真相的小伙伴儿"真是跟她"心连着心"的"君子"，酱紫也不敢指望他们集腋成裘养活她——指望他们，外卖点份比萨都得咬咬牙。既然辞职创业，嘴上不说，心里多少还是揣着肥马轻裘快意人生的奢望。若说酱紫内心深处一点儿没有自觉比别人优越的地方，也不是实话，毕竟她和艾薇这样的"大神"中间只隔着一个闺蜜林晓筱。如果酱紫能够做到对风投有吸引力，不出意外应该不难得到艾薇顺水推舟的加持，更乐观些，也许看到了"后真相时代"可堪栽培的潜质，艾薇会伸手将其揽入盛世薇光的怀里也未可知……

酱紫没合伙人也养不起团队，但在圈内混了三四年，嘴甜手快腿勤人缘好，找到性价比合适的摄影、剪辑、后期制作以及美术设计也不难，虽然很多都是任职大公司的熟人干私活挣钱，但酱紫必须迁就人家的时间。为了维护粉丝黏性，准时推送是必须的，酱紫一路跟头流水咬牙挣扎坚持，她相信只要保持好势头，她就能在时限之内争取到风投。酱紫给自己的时限是一年——不是因为她有足够的自信一年之内拿到风投，而是她目前的积蓄只够支撑一年。如果时限到了，她只有两条路可走：一条是一路举债延时，她无疑将人生押上了风险巨大的赌桌，延到何时是尽头？另一条路则是宣告创业失败，重新找工作。找到一份薪酬合理的工作对于有着相当不错职场履历的酱紫来说，应该不会很困难。真正的困难在于，酱紫将再次战战兢兢捧起如琉璃盏般脆弱的"安稳人生"，生怕命运中有个风吹草动就失手打碎了，不知道会在什么地方遭受飞剑穿胸的惩罚。

有两条路可走，却都不愿走，酱紫只能争分夺秒地拼了。十月份，有真有假的粉丝数过了二十万，酱紫也能接一些调性相符的软广告了，总算爬出了只见钱出不见钱入的黑井，但扒着井口算一算大账，酱紫还是在赔钱赚吆喝……也就是在这个时候，酱紫对艾薇心存的那点儿指望彻底变成了失望。这种扒着井口等救援的状态不知道还得坚持多久，撑得胳膊酸痛的酱紫为自己缴完十月份的社保和所得税之后，查了查自己账户里的余额，耳边响起了爆炸装置倒计时的嘀嗒声。

酱紫每天都与溺水般的绝望斗争着起床，开始忙碌却自感徒劳的一天——像长跑中到了体力极限，喘息剧烈到呼吸都成为创痛，仿佛下一步就会倒下，她不知道自己还能坚持几步……

这样的日子里，酱紫生活中唯一纯粹的欢愉就是带着薄醉和罗鑫在床上颠鸾倒凤，那一时所有的思想和情绪都被驱逐，只剩下蓬勃的肉体翻滚开合，淋漓的汗液在身体上冷却的瞬间，身心澄澈，随之降临的是任何现实与梦想都无法穿透的结结实实的睡眠……

罗鑫是酱紫生活里的必需品，性能优良且维护成本不高——罗鑫失业后因为很少出门，除了吃喝之外也没什么花费，只要不停电不断网，他不会用任何问题去麻烦酱紫。自然，酱紫也不能用任何问题去为难罗鑫——即使像今天这样酱紫人生中的"大日子"，她依然没有打扰罗鑫，让他继续心无旁骛地跟着不知身在天南海北还是回龙观附近的英雄联盟战友，一起为摧毁水晶枢纽忘死搏杀。

罗鑫一夜未眠在打"撸啊撸"，酱紫也一夜未眠——前半夜在"偷锣"，后半夜在销赃，然后窝在床上忙忙叨叨计划如何善后，再然后就被闺蜜林晓筱怒骂了半个多小时，林晓筱挂电话的结束语是："我他妈就不该相信你这贱货！小姑姑说过，你早晚会伤害我，早晚有这一天！"

　　酱紫嘴边浮起一丝含义模糊却不无决绝的微笑，无声地反驳着——你小姑姑错了，十四年前，现在，都错了……

2

2002 年，酱紫与林晓筱在郑州读大学时相识，那一年，她俩都是十七岁。

那时酱紫还不叫酱紫，叫姜丽丽。姜丽丽成为中文系女大学生的第一个月，从颇为拮据的生活费里挤出了十九元巨款，买下了艾薇的散文集《最美的地方》。她从初中开始喜欢艾薇，艾薇不是著作等身名动天下的大家，但作为盈盈一朵在文摘杂志上常开不败的小白花儿，文字秀丽，语调婉转，似有似无的忧伤之后总有无凭无据的希望，不由得姜丽丽那颗少女心不喜欢。

喜欢和喜欢也不一样。姜丽丽更喜欢泰戈尔，但她不会认为自己能成为泰戈尔，可对艾薇的喜欢，却有着另一番意味——十七岁的姜丽丽内心深处有个羞于对人言的念头：这样的文字其实她也能写，写得应该不比艾薇差多少，如果她的高跟鞋也曾踩过东京、台北和纽约的街道，她相信自己一样能感觉出温度与质地的差异，描出浅草的塔影，阳明山的苔痕，中央公园的秋叶纷纷……

那些文字无比精细却又无比模糊地描述了艾薇的世界——姜丽丽不了解却无比向往的世界。于是，《最美的地方》成为象征物，象征着姜丽丽全部的人生理想。艾薇也就成为她的人生偶像，熠熠生辉地指引着道路与方向……对于现实重压之下的姜丽丽,《最美的地方》具有显性和隐性的双重安慰作用,没课也不需要去打工的秋日午后,躺在安静的寝室床上翻看这本书,夸张点儿说,满足的是摸着经典默默祈祷式的精神需要,而非简单的阅读。林晓筱从上铺探头,看到姜丽丽歪在枕头上捧着本书,伸手抽走,看了看书名,笑了。

姜丽丽误会了林晓筱的笑,以为那是嘲笑。也难怪姜丽丽会误会,林晓筱开口卡尔维诺闭口博尔赫斯,身边那些把《平凡的世界》当文学经典的同学,在她眼里差不多就是文盲。若不是姜丽丽熟读张爱玲,能用"因为懂得,所以慈悲"之类的招式应对几招,只怕林晓筱也未必肯对她垂以青眼。

既蒙青目,自然珍惜,姜丽丽生出了十分的小心。姜丽丽和林晓筱一样,在班里有些孤单,林晓筱的孤单是因为她目无下尘,而姜丽丽的孤单源自没有时间也没有经费和同学交往。自幼被人收养的特殊身世,使姜丽丽总有一种"异类感",这种原本该带来深深自卑的自我感觉,不知道和什么东西发生了奇妙的化合作用,反而给了她一种无缘无故的优越感——譬如贬谪凡尘遭受磨难的仙女,或者沦落民间为人奴役的公主,再狼狈再不堪终究也有不俗之处。姜丽丽从小就习惯了作为异类的孤单,也习惯了同学或明或暗的嘲笑,认定自己属于一个不为俗人了解的高贵族群,这种念头不可对人言,却给了她一副应对外界伤害的金钟罩、铁布衫——同寝的女

生当面叫她 "林大小姐的丫鬟"，姜丽丽都能泰然处之，但她怕林晓筱的嘲笑，怕林晓筱的青眼变成白眼。

姜丽丽一直觉得自己的同类罕见稀少，难以辨认，但同声相应同气相求，真的遇上了，她会知道。姜丽丽遇上了林晓筱，认定她是同类。毕竟相处日短，虽然林晓筱那份 "可堪与之言" 给了姜丽丽巨大的肯定和鼓励，但她们之间还远没有同类相知的确证。因此姜丽丽分外小心地揣摩着林晓筱的想法，以免言差语错被她误解为惯常嘲笑的那类俗人，却不想如此小心，还是被嘲笑了。姜丽丽欠身坐起，忍着难堪的羞恼与难言的惶恐，身体微微战抖，低声说："我知道，你不看这种书……"

林晓筱的脑袋又从上铺勾下来，把书还她："艾薇是我小姑姑，亲的。"

姜丽丽靠在冰凉的墙上，她用书遮挡着正在狠狠掐着自己左臂的右手，疼痛让身体不再战抖，她松开手，慢慢揉着胳膊，安静下来的身体里，那点尖锐的疼，从左臂转移到了胸口……

原来，林晓筱不仅有个曾在老家当过市委书记的爷爷，有个在郑州当银行行长的爸爸，有好多当这个局长那个书记的叔叔伯伯，还有一个在省报做记者的作家小姑姑——这个小姑姑竟然还是艾薇！

林晓筱与这个本名林爱东的小姑姑只差十二岁，从小就是她的跟屁虫……林晓筱从上铺爬下来，盘腿坐在姜丽丽的身边，讲着艾薇，姜丽丽抚摸着艾薇的书，渐渐驱散了胸口的那丝疼，并且为自己的狭隘，惭愧了一下……

姜丽丽心内一念翻转，竟成为一件足以改变人生的大事——自己的理想与神祇，原来离自己竟如此之近，近到只隔着一个林晓筱——林晓筱许是上天派来引领自己的使者……

姜丽丽抛却了鼠目寸光，满心欢喜地领受了命运对她的暗示。她越发热切而刻意地追求着与林晓筱的"同步"，不管是《存在与时间》《疯癫与文明》还是《挪威的森林》《追风筝的人》……只要林晓筱提到，姜丽丽必然跟进，哪怕是偷偷恶补。但姜丽丽慢慢发现，林晓筱对于一切的兴趣都是清浅且浮泛的，前一天还是无比热切赞不绝口，第二天就会带着倦怠和漫不经心，评价为不过如此，姜丽丽深入研究之后准备好好和她探讨一番，林晓筱却早已兴味索然了。

即便如此，姜丽丽也丝毫不会松懈，军备竞赛一般阅读与积累，始终保持与林晓筱对话的资格和能力。唯一的例外是提及艾薇，只要林晓筱谈起她的小姑姑，姜丽丽就会变成一个充满着羡慕和崇拜的聆听者。姜丽丽没见过艾薇本人，却又对她无比熟悉，她知道艾薇的一切大事小情，大到她的婚姻名存实亡，小到她新买化妆包的牌子是"维多利亚的秘密"，蕾丝质地玫红颜色花朵图案……

林晓筱的讲述与艾薇的文字，支离破碎、阴影斑驳的生活与玲珑剔透、花叶葳蕤的心思，互相颠覆，却也互相成就。不完美的理想世界与不完美的人生偶像，却带给姜丽丽巨大的鼓励和前所未有的信心——她的理想世界此刻看起来如此真实清晰，仿佛近在咫尺……对于大多数文艺女青年来说，耽于幻想就会不接受现实，不接受现实就会充满挫败感，自然而然就滋生出无数苦闷与眼泪……姜丽丽却似乎没有按照这个逻辑顺理成章地成长为一名合格的文艺女青年。

姜丽丽决心做文艺女青年里的"异数"，《包法利夫人》《欲望号街车》之类的文本，都被她读成了训诫。洞悉了艾薇的"真实与谎言"，姜丽丽既目光高远又踏实理性——她对理想世界的执着，不仅没有成为她的软肋，反而成为她对抗现实的盔甲——当下、周遭的一切，不重要，因为她有未来和远方……

唯有林晓筱身跨仙凡两界，她既是姜丽丽的当下，又是姜丽丽的未来，这种混乱的比喻，只有姜丽丽自己能懂，她不会告诉任何人，包括林晓筱本人。不知道从哪儿看来的，女性的友谊是靠交换秘密维持，姜丽丽独特的身世让她远比同龄的女孩子有着更多也更为独特的秘密，而恰好林晓筱也有储备充足的秘密可供交换，两个人也就越来越情深意长。

2003年除夕夜，姜丽丽一个人在放假后就停止供暖的寝室里蒙头睡觉。手机铃响了，林晓筱在电话那端嚷着让姜丽丽到学校门口等她。姜丽丽裹着厚厚的防寒服在雪地上来回跺脚，一辆奔驰开过来，大灯照得她眯起眼睛，林晓筱下车，摇摇晃晃地踩着积雪跑过来，敞着的银色羽绒大衣里是红色紧身针织裙，上面酥胸半露，下面黑丝配长靴，她跌跌撞撞地过来，扑在姜丽丽的怀里，香水酒气熏人，笑着说："跟我走！"

姜丽丽在车上捂出了一身汗，进了暖气充足的别墅，浑身热得刺痒起来。幸好林晓筱没让开车男孩进来，站在玄关处，姜丽丽不仅脱掉了防寒服，也脱掉了套在里面的毛衣毛裤，一身秋衣秋裤依旧热烘烘的。她抱着自己的衣服，呆看着作为影壁的近两米高的独山玉雕的山子。

林晓筱扯下靴子，也不穿拖鞋，东倒西歪地拉着发呆的姜丽丽上楼。姜丽丽知道林晓筱和自己生活在不同的世界，她对那个世界的拟想，是由朦胧的意象构成的，她从来不知道"富丽堂皇"四个字化为真实具体的物质时，竟会带给人一种要窒息的感觉——踩着厚厚软软暗红底子明黄团花图案的羊毛楼梯毯，姜丽丽努力调整着呼吸。

洗澡的时候，姜丽丽放松了，被寒冷和厚重衣服束缚多日的身体解放了，在热水的抚摸下愉悦起来。林晓筱裹着浴巾充满羡慕地看着淋浴下的姜丽丽："你身材真好——好得不像黄种人，黄种女人哪有那么翘的屁股，那么大的奶？！"

姜丽丽接浴巾的时候，猝不及防被林晓筱抓了一把，尖叫一声，回手去抓林晓筱，两个人闹了一会儿，林晓筱拿出身体乳，开始抹身子，然后递给擦干身体的姜丽丽："替我擦擦后背。"

姜丽丽轻轻将乳液涂过林晓筱的后背："真好闻，这是什么香？"

林晓筱醉笑着回答："洋甘菊——来，我给你涂！"

姜丽丽全部美容用品只有洗澡洗脸通用的一块香皂和校门口地摊上买来的大桶洗发水，把如此细腻芬芳且昂贵的乳液涂满全身，是件奢侈到足以引发罪恶感的事情。她躲避着林晓筱涂抹乳液的手，连声说着"好啦好啦"，无意间扭头，看到镶嵌在洗脸台上面的巨大镜子，镜子里是赤裸的她和她，林晓筱白皙娇小得像只鸽子，衬得姜丽丽越发高大黝黑，让她想起童年村头大树上的老鸹——林晓筱的手沿着她的后背慢慢涂，最后把手上残存的乳液全抹在她弹性十足的屁股上，画圈按摩。

姜丽丽笑着躲开，说："我都没这么细致地抹过脸！"

林晓筱去给她拿换的衣服，姜丽丽穿上后看镜子里的自己——她在发光，任何服饰都是遮蔽那光芒的障碍物。姜丽丽恋恋不舍地用林晓筱递过来的蓝白格子的家居服裹住了发光的身体，从卫生间出来，林晓筱光腿穿着件巨大的白 T 恤从楼下拎了瓶红酒上来，她倒了一杯递给姜丽丽。

楼下传来开门声，接着有女人喊了声："晓筱！"

林晓筱一惊："我小姑姑！她怎么来了！"

姜丽丽惊得更狠，她的心开始狂跳，完全没有理会林晓筱的第一反应是去抓手机。艾薇的拖鞋踩着楼梯毯上楼，足音很轻，姜丽丽脑子里却轰轰响着一声一声的雷——艾薇出现在她面前，浅笑盈盈："姜丽丽是吧？晓筱常提你。"

沐浴在神的光辉和恩宠里的姜丽丽，产生了一种要跪下去的冲动，她笑着，努力克制，克制得浑身战抖——她默默地掐着自己让身体平静下来。艾薇的人比照片更美，明眸皓齿是一样的，但顾盼之间眼波流淌的那份迷人，是再艺术的照片也盛不下的。姜丽丽那一刻感觉自己像个不知天高地厚的乡下少年，爱上了黄金马车里的贵妇。

艾薇笑对姜丽丽，扭脸对着拿手机的林晓筱时却收了笑："别打了！我让门口车里那小子滚蛋了！你到底喝了多少？跟我过来！"

林晓筱跟着小姑姑进了房间，开始她还嚷嚷着犟嘴，很快被艾薇呵斥得没了声音。艾薇说话的声音很低，姜丽丽听不清楚，但她却能清楚感到，除了和她一起喝酒，林晓筱肯定还犯了更严重的错误。为了不让自己更心慌，她去翻茶几上的一本厚书，拿起来才发现是套影碟——《欲望都市》。林晓筱出来了，装作什么也没发生一样，说："这个剧特别棒，看过吗？"

姜丽丽笑笑，摇摇头。艾薇换了身纯白睡袍出来，像尊大理石雕像，站在卧室门口："丽丽你睡那间客房。林晓筱，回你的卧室，好好想想！明天一早跟我回家给爷爷奶奶拜年！"

林晓筱搂着姜丽丽，挑衅地看着小姑姑："我要和姜丽丽一起睡！"

艾薇静静地看着林晓筱，姜丽丽从头顶到脚心都在发麻。林晓筱和小姑姑僵持了一会儿，丢开了姜丽丽，走进自己的卧室，砰地用力关上了门。

艾薇朝愣着的姜丽丽绽开了微笑："丽丽，你不要理她，成天胡闹。休息吧。"

姜丽丽半梦半醒地过了一夜，早上听到林晓筱在外面嚷嚷的声音，脑子清醒了，坐起来摸摸身上的蓝白格子的纯棉家居服，又有了梦也非也的恍惚，外面林晓筱嚷出了一句："黄卫红，黄卫红，我记住了！烦不烦呐你！"

姜丽丽只觉得一盆雪水兜头泼下来，她的脑子瞬间清醒了。艾薇说话的声音很低，但只"黄卫红"三个字所蕴含的信息量，对于姜丽丽来说，也足够了。

姜丽丽迅速穿好了自己的衣服，热得难受，她想迅速离开这里，但还是仔细把家居服叠整齐，放在整理好的床铺上，抹了把额头细密的汗珠，拉开了门。林晓筱坐在外面的沙发上，宿醉之后的头痛让她脸色很差，看见姜丽丽还是笑了笑："过来，咱们得挣压岁钱！"

姜丽丽笑得有些哀伤，艾薇拿着两个红包过来。姜丽丽躲闪了目光，没有接，林晓筱跳起来一把抓过来，把其中一个塞进了姜丽丽的裤兜。

艾薇开车先送姜丽丽回到学校。林晓筱从车上拎下来一个大购物袋，说："都是吃的，我把那套《欲望都市》碟子也给你放里面了，你可以用我放在寝室的那台旧电脑看。"

艾薇落下车窗，拿出一个纸袋，里面装着昨天姜丽丽穿过的那套家居服，她笑说："这套衣服你穿挺合身的，我买回来也没穿过，送你了！"

姜丽丽这次没有躲闪目光，定定地与艾薇对视："谢谢艾薇老师。"

艾薇依然在笑，姜丽丽发现那笑在和她对视的过程中变得有些僵硬，艾薇先挪开了目光。

姜丽丽用目光告诉艾薇，她知道"黄卫红"三个字的含义。

《卫红姐姐》是艾薇前几年写的一篇回忆文章。艾薇家隔壁住的是人大黄主任，漂亮的邻家姐姐卫红带着七岁的艾薇读《致橡树》，告诉半懂不懂的艾薇，那些从艾薇卧室阳台攀爬到了卫红姐姐卧室阳台的橘色喇叭花，就是诗里提到的凌霄花……艾薇八岁那年，卫红姐姐被人杀死在卧室的床上，凶手是她师范同窗中最好的朋友。艾薇不止一次见到那个女生，常到卫红家来住，瘦瘦的，不怎么说话，艾薇碰到她们打招呼，她也只是笑笑。她用一块石头把卫红砸死在枕头上，然后从黄家阳台爬到林家阳台，跳墙跑了。林家是一排小院顶头第一家，临着路。她也没跑多久，很快被抓然后枪毙了。她没有交代为什么要杀人，但艾薇半懂不懂地听着身边的大人感叹，天差地别的两个人——那个女生是农村人，毕业之后分回了老家公社教高中，而黄卫红则分进了市文联……这件事成为艾薇挥之不去的噩梦，她跑去爷爷奶奶家住了，军分区干休所门口有持枪站岗的解放军，让她更有安全感……直到数年后，父母搬了新房子，她才肯回家住。卫红姐姐是艾薇的文学启蒙老师，而对卫红的死，艾薇直到二十年后写这篇纪念文章时，依然有着深深的恐惧和困惑——作为凶器的石头是那女生装在包里带去黄家的，所以那晚她不是冲动，是预谋……

姜丽丽在文摘杂志上读到这篇文章时，还在读高中，印象很深刻，当时她莫名觉得那个凶手更可怜——总会有别的办法……

"黄卫红"带来的阴影很快被《欲望都市》的明艳陆离遮蔽了，纽约那个书写城市与性的专栏女作家，让姜丽丽拟想的理想世界图景加大了景深。艾薇是清晰的前景，远远的，多了那个在曼哈顿伸手拦车的凯莉·布雷萧（Carrie Bradshaw）……

姜丽丽在学校附近的音像小店里复制了林晓筱借给她的前五季《欲望都市》，用来勤加修持。林晓筱告诉姜丽丽，第六季已经有预告片了，只是等她们真的看到第六季的剧集，大三已经结束了。

三年来，两人校内双宿双飞，课余却各奔东西。她们再也没有踏足过对方的真实世界，只是用诉说搭建出言语的世界，邀请对方来参观。姜丽丽从不抱怨，林晓筱从不炫耀，她们站在自己的世界张望对方的世界，始终保持着"差异视为无物、君心定似我心"的默契……

这份默契甚至让她们携手踏过男人这座火焰山。

姜丽丽和那个男生的关系刚刚完成质变，回家过周末的林晓筱对此还一无所知。次日中午在食堂，那个男生吃饭时坐到了姜丽丽和林晓筱的对面。姜丽丽才想起来一直没回这个男生的短信。

昨晚东风渠堤上，姜丽丽和约她看电影的体育学院的男生一起走回学校。姜丽丽还未从《红磨坊》的哀艳里出来，猝不及防被身边的男生揽入了怀里，堤旁绿化带里的丁香在夜风里弥散着浓烈的花气，姜丽丽从来觉得那味儿很呛，几乎算不上花香，但在此刻，竟也是让人心旌摇曳的芬芳了……

早上五点半，姜丽丽从学校后面小旅馆的床上爬起来，没有惊动还在熟睡的男生，匆忙赶到兼职打工的快餐店上早班，九点赶回学校上课。男生发来短信抒情，上课素来认真的姜丽丽没心思回，后来也就忘了，下课和林晓筱一起来吃饭，见到男生才想起来——姜丽丽有些不好意思地笑了笑，是致歉，也是打招呼。当着林晓筱的面，男生也没多说什么，只是闲聊。林晓筱竟然颇感兴趣地接过了男生的话茬儿。男生显然是被林晓筱的言笑晏晏鼓励了。姜丽丽目光流转，不动声色地笑着。

姜丽丽只是消极地不再主动联系男生。果如她所料，姜丽丽再无消息去，那男生自然也再无消息来。姜丽丽心底那丝失落与难过引起的涟漪倒也不大，只是在下午的语言学课上跑了会儿的神儿。林晓筱略带戏谑地享受着这个男生的追求——这是她度过青春的方式。姜丽丽淡然平静，浑若无事。可惜那个聪明俊朗的男生想得太过周全，自我感觉与林晓筱关系稳定了之后，主动向林晓筱坦白了与姜丽丽短暂得约等于"无"的前史。于是剧情再次逆转，同样是中午的食堂，林晓筱拉着姜丽丽坐在了男生的对面，两个女子默契得不需要任何言语交流，只是互相看了看，谈笑间箭飞如雨，男生遍体鳞伤，狼狈逃窜。

后来，这件事儿无论是对姜丽丽还是林晓筱，都成了可当成笑话讲的人生窘事。姜丽丽还有意无意地问过林晓筱，艾薇是否知道这件事。林晓筱说知道，小姑姑说难得有女生像她们这样。

姜丽丽在心底笑了……

要毕业了，姜丽丽陷入了考研失败、就业无门的愁云惨雾之中。对于打了三四年工的姜丽丽来说，找挣钱的地方不难，难的是找一份学以致用的"正式"工作。对于"正式"一词的理解，姜丽丽约略认为等于"体面"。只是略有些体面的单位，简历递过去基本就是泥牛入海，好不容易有个面试，姜丽丽被面试官眼光一打量，整个人就感觉像缩水了一般——中文系本科，既没有北大清华复旦这些名门大姓的高贵血统，也没有"985""211"这些闪光番号的加持，不用别人嫌弃，先就自惭形秽了。

林晓筱的前途也无着无落，她想追随年初辞职的小姑姑去深圳，遭到整个家族的反对——尤其是林妈妈，更是以死相要挟。

林晓筱说："我妈对我嚷嚷的，都是当初我奶奶对小姑姑嚷嚷的原话——先给我把丧事儿办了，你想去哪儿去哪儿！"

两个人在文化路路口的报亭前站着，姜丽丽拿下那本印刷精美装帧奢华的女性时尚杂志，翻到艾薇写的专栏"悦己"，那期的文章是《五月的新娘》，作为主笔的艾薇亲自上阵展示婚纱，照片里艾薇下颌微扬，裙袂飘举，黛青粉艳，巧笑嫣然，图文并茂地告诉所有的姑娘：要相信，总有一天，奢侈品和爱情将一起盛开成五月的玫瑰园……姜丽丽吃惊地在文章里读到了艾薇的婚礼日期。

林晓筱在姜丽丽耳边说："小姑姑为了不给自己亲娘办丧事，只能给自己办喜事了！"林晓筱这位继任的小姑夫是位大学教授，在北京，两家算是世交，爷爷奶奶最终同意了，艾薇才得以年初和那位刚提了县委书记的现任离婚，然后辞职——不是去北京，而是去深圳，接手主编这本时尚杂志……

姜丽丽默默地合上了杂志，林晓筱掏钱买下了一本，说："我下星期去深圳，参加婚礼——小姑姑说有好几个品牌的赞助，场面会很大……我们家就我妈和我去，我是去看热闹，我妈去看管我，然后再把我押解回来！"

姜丽丽拉着林晓筱进了旁边的花园商厦，在一楼专柜刷卡买了一瓶 150ml 的 "香奈儿 5 号"，她让林晓筱把香水带去深圳，送给艾薇作为结婚礼物。林晓筱一脸惊讶。姜丽丽从来都是安于接受林晓筱的各种赠予，安于外出吃饭永远让林晓筱买单，她们之间不会有那种俗气的客套——这是一种两人都舒服的姿势。姜丽丽并没解释自己的一反常态，用玩笑的口吻说："在意点儿，不是给你的！"

林晓筱终于什么也没问，笑笑，收下了香水。

林晓筱给姜丽丽带回来一本艾薇的新书《最好的时光》，书的扉页上写着 "祝福丽丽"，下面是艾薇的签名。迎着林晓筱的目光，姜丽丽绽开了笑容，把书抱在胸前，连声说着谢谢。

林晓筱把自己扔在姜丽丽下铺的床上，心满意足地说："我就知道你会喜欢！"她开始说艾薇的婚礼，略带不屑地提及某女影星太瘦了，生活里不好看，那种脸型只是很上镜，口水滴答地咂舌赞叹某位文青偶像英俊逼人，被他看一眼多巴胺都会开始分泌，偏还那么有才华……

林晓筱躺在床上长吁短叹："我才知道，自己真是没见过什么世面……"

姜丽丽抱着书站着，紧紧地抿着嘴角，她在克制，克制得浑身战抖，就连平时有效的疼痛，现在也彻底失效了，最后在战抖中她脸上板结的笑，开始龟裂，崩塌……预感到即将失控，姜丽丽有些焦灼地扭动了一下身子，突然说："我要上厕所。"说着就往外冲，与正进门的同寝室友撞了个满怀，室友手里端的脸盆被撞掉了，水洒了一地，盆里泡着的脏球鞋和姜丽丽手里的书都滚在泥水里。姜丽丽蹲下，捡起书，哭了。她猝不及防的眼泪让室友也不好再埋怨她，林晓筱忙起来，抓起毛巾擦干书，姜丽丽也不去卫生间了，趴在自己的铺上，痛痛快快哭了一场。

这场大哭真正的原因，姜丽丽没有解释，林晓筱也没有追问。林晓筱那天就默默地坐在床边，等着姜丽丽哭累了，拉她起来，请她去学校门口的小店里吃烤翅喝啤酒。微醺的两个人手拉手走出来，姜丽丽含混不清地唱着"发如雪，凄美了离别……"林晓筱忽然说："对了，小姑姑说，她有个朋友是郑州一家杂志社的执行主编，你要是想去试试，她让我把电话给你。"

姜丽丽因此认识了周鹏，接着在周鹏主编的《中原名流》杂志社做了临时工编辑兼打杂的。不久，姜丽丽在省报副刊上发表了处女作，并且有了酱紫这个笔名。很快，姜丽丽三个字只在需要身份证和户口本的场合才会出现，她要在所有人的心中口中，彻底成为酱紫。

3

"人生若只如初见，何事秋风悲画扇。等闲变却故人心，却道故人心易变……"车里飘着软绵绵的女声，念经般单调的旋律，让一夜未眠的酱紫昏昏欲睡。她含含混混地想，有多少人知道，这首词原本无关男女之情，是纳兰性德写来劝朋友的，也不知道那位朋友发生了什么……被故人骂得狗血喷头的酱紫，洗干净了自己，完成了祈祷仪式，坐上来接她的导演助理的车，去了大兴的星光影视基地。

星光影视基地东园里能看到很多知名网络综艺节目的标志，几层楼高，一个个张牙舞爪雄心万丈的模样。酱紫下车前戴上了口罩，空气干冷污浊，导演助理停好车跑过来，酱紫跟着她走，感觉走了好久，还没有走到，这条路真长……

路再长，她也终于走到了。

酱紫被一群专业人士围着，调整台本，选择造型、服装，走位，化妆，拍摄……三天后酱紫录完了视频，接下来是做剪辑和后期效果。酱紫第一次动用如此正规的团队来做"后真相时代"的视频。这是她送给艾薇的礼物，一如十年前买那瓶"香奈儿5号"，她为十年后的这份礼物也倾尽了全力。

酱紫离开大兴是那天上午九点，睡眠严重不足的一周，她一上车眼皮就开始沉甸甸地耷拉下来。昨夜起的大风刮出了湛蓝的天，车窗外是在风中剧烈抖动的灌木、枯草，酱紫不觉想起电影画面里的英格兰荒原，念头一转，远远的地平线上真的次第出现了城堡，风车，教堂钟楼……酱紫最初以为自己产生了幻觉，开车的导演助理告诉酱紫，那是坎特伯雷香草庄园，夏天的时候这里有大片的玫瑰、郁金香、薰衣草、鼠尾草开出花海……

五年之后，酱紫看见了林晓筱的婚礼举办地。

林晓筱毕业后去了北京，电影家协会下属的一家出版社，虽然工资不高，却是事业编制并能解决北京户口。林晓筱说她老爸也没指望真能办成，凑巧这家出版社要招人，凑巧要学中文的本科生——只能说是运气好。

酱紫知道，这是林晓筱与父母艰难博弈之后的最终结果。作为合格的文艺女青年，要林晓筱进"死八死九"的单位做职员，无异于自由恋爱的新女性被逼进入"包办婚姻"，她自然誓死不从；而长久以来把艾薇视为家族中害群之马的林爸爸林妈妈，唯恐一撒手女儿就会追随小姑姑坠入孽海情天导致人生动荡不安，以死相搏也定要找个安稳妥当的地方安放独生女这个易碎珍品。

林晓筱做图书编辑，酱紫做杂志编辑，她们依然同步地文艺着。

酱紫除了编辑工作，另外一个重要职责就是兼任周鹏饭局的女主人和女仆人，恭恭敬敬满面笑容地称呼所有人为老师，洒脱、佻达地接下老师们开的各种高级和不那么高级的玩笑，酱紫晕乎乎地笑着，如梦如醉一般……

不管是梦还是醉，总会醒——酱紫知道，只是酱紫不知道会醒得如此惨烈。

2008 年一个冬日的清晨，出租屋的门和窗一起被砸得粉碎，破门而入的一群男女扑向床上尚未完全清醒的周鹏和酱紫。周鹏很快被两个人高马大的男子架走了。剩下的三个女人，将酱紫撕扯拖拉到了走廊上，酱紫一双手根本无法招架六只复仇的手，她只能护住自己赤裸的前胸，任由她们掐拧抽打……就是这样的抵抗也让她们有理由更加愤怒，其中两个女人抓着她的胳膊揪着迫使她坐起来，另一个女人反复抽打她耳光，依然不能解气，抬起穿着皮靴的脚狠狠踢向酱紫的小腹——酱紫感觉到一种濒死的恐惧没顶而来，疼痛之后，她感到身子下面温热潮湿，然后慢慢冰冷起来——那个踢她的女人抽了抽鼻子，叫起来："吓尿了！你个骚货知道怕呀！"她叫着伸手扯掉了酱紫的睡裤，把湿乎乎的睡裤丢在酱紫的脸上，继续踢她。酱紫彻底放弃了抵抗，疼痛、寒冷让酱紫麻木起来，等她们终于丢开了她，酱紫团起身子、蜷缩在地上，不出一声。一个女人蹲下来，揪起她的头发："现在就滚！滚回老家去！别跟这儿给你爹妈丢人现眼！年纪轻轻干什么不好？偷人家男人！贱！"

酱紫的耳朵嗡嗡作响，听不清那些叫骂了，女人狠狠啐在她脸上，她怔怔地看着那个女人，天色忽然昏黄起来，那女人因为逼近而硕大扭曲的脸，慢慢变得模糊……酱紫清醒过来时，那个女人啐在她脸上的唾沫，已经干了，自己的人中上留着房东掐的深深的指甲印。

酱紫离开了经三路的出租屋，离开了《中原名流》，却没有滚回老家去——她没有老家可滚。她出生第二天就在乡卫生院让人抱走了，不知道家在何处，亲生父母是谁。姜丽丽是养父母给她起的名字。养父母年过四十没有孩子，从卫生院抱回女婴不过一年，养母却怀孕了。养母抱着弟弟，怨天怨地痛惜为她付出的三千块钱，这成为姜丽丽生命中的"原初场景"。整个童年，她最大的愿望就是快点儿长大，长大就有本事离开那间夜里常被猪拱开门的小柴房，到另外一个世界去。

那个世界最初的模样是在县一高当语文老师的大姨家——那是一个有童话故事和图画书的地方。终于，七岁的姜丽丽觉得自己长得足够大了，所以在很平常的一顿打骂之后，她用自己仅有的一块红纱巾包起全部的衣服，沿着满是笔直杨树的乡村公路，走了七八公里，走到了县一高的家属院，站在了大姨家门外，敲开了理想世界的大门。

大姨扯着姜丽丽回到养父母公路边的修车铺理论，姜丽丽死死地抱着大姨的腿不撒手，又是哭又是哀求，引来了不少善良的路人观众。迫于舆论压力双方达成了协议，姜丽丽跟着大姨上学，养父母每月拿给大姨五十块钱，大姨还是大姨，爸妈还是爸妈。这项协议执行得并不彻底，但大姨也没真的计较。大姨脾气不好，是县里出名的厉害老师，却也是姜丽丽人生最初阶段的神——只要学习好就能赢得神的恩宠，这对姜丽丽来说并非太难的事。她考上了县一高，养父母看在大姨的面子上，勉强让她读了高中，但把丑话说在了前头：高中要上就上吧，大学家里可供不了，毕竟家里的弟弟也要读高中考大学呀！

姜丽丽拿到大学入学通知书后，回了一趟养父母生活的村子，迁户口。她绝口不提学费、生活费的事，倒是养母沉不住气，先提了，姜丽丽低声说："不用家里操心。"养母酸溜溜地撇嘴说："本事真大！以为我不知道？市里捐助贫困生，有你！你以为这种好事儿伸头人人一份儿？那是你大姨拿烟送酒求学校政教处的韩主任跑回来的！做人得讲良心！"姜丽丽不回嘴，默默地走进里屋，墙上满满贴着弟弟从幼儿园开始历年得到的奖状。养母在外屋故意提高声音说："鸡皮热，鸭皮凉，鸡皮贴不到鸭身上！她不跟你亲，你再亲她也没用……"养父在院子里吼了一句："咋恁些废话！"

姜丽丽在夏日熹微的晨光中离开养父母生活的村庄，再也没有回去过。她甚至也没有回过和大姨一起生活了十年的小县城，她要读书，同时还要打工养活自己，她没空儿回去，当然，也不想回去。大姨是她在这世上唯一温暖的牵挂，她也只是在每年过年和大姨过生日的时候，寄回去一份精心准备的礼物。

酱紫不可能在六年之后回头，再把自己变回无处安放的姜丽丽。她离开了经三路，在郑州西郊一家私人辅导中心找了份工作，继续做着酱紫。

酱紫和林晓筱，来自不同世界且始终生活在不同世界里的两个女子，继续神奇地保持着分享一切的亲密情谊。不足为外人道的隐秘，她们会告诉彼此——林晓筱知道酱紫和周鹏之间的一切；酱紫也知道林晓筱在家长安排下的每一次相亲和所有地上地下的男友……

2011 年 5 月，二十六岁的林晓筱结婚，身在郑州的酱紫，没有被邀请参加婚礼，单就"坎特伯雷香草庄园"这个婚礼举办地的名字，酱紫就拟想出了整整一部英剧，但她知道很多置身现场的人不知道的复杂剧情。酱紫知道，林晓筱在婚礼前一晚的单身派对进行中，拉着某位赶来祝福的前前前男友回房间重温了半小时鸳梦，然后在酒店露台上带着醉意哭着打电话给她：自己的青春结束了……

从留下的照片和录像上看，次日的草坪婚礼梦幻完美。但酱紫知道：林晓筱的妈妈因为婆家聘礼中的黄金克数不对——不是 99 克而是 100 克，认为是歹毒的婆婆心存诅咒，林妈妈在家骂了一夜那位正红旗出身的亲家母，次日被小姑子艾薇死拉活劝才黑着脸去了典礼现场；婚礼当日虽然天公作美放了晴，可是草坪上积水还在，林晓筱鞋袜湿透地站着，完成了整个典礼……

林晓筱去马尔代夫度蜜月，她在 QQ 群和刚出现的微信朋友圈里晒的蜜月照片，甜得掉牙，暖得烫手，美得像旅行社广告，但只有酱紫知道蜜月房间里的真实情景：一连几天，都是这边林晓筱和她视频聊天，那边新郎全神贯注在看 NBA 季后赛的直播……

聊天的林晓筱同样是欢乐的，她正拿着硕大的红珊瑚戒指——婆婆给的礼物，向酱紫远程科普宝石级珊瑚知识，什么莫莫、阿卡的……她现在戴的是最顶级的牛血红，但浅色也有珍贵的，日本有一种叫作"天使之肤"的粉色珊瑚就很少见……林晓筱给酱紫看戒托后面的虫眼，这是天然珊瑚的特征……丈夫在那边叫林晓筱，让她打电话叫送餐，他饿了，要看比赛不能出去吃饭——林晓筱叫了两客印尼炒饭就又回来和酱紫说话了，酱紫看她莫名有些丧气，就诚心诚意地说，再昂贵华美的珊瑚也有虫眼，因此才需要高超的镶嵌工艺遮挡，没有虫眼的只能是廉价的假货……林晓筱拿起刚才放在桌上的珊瑚戒指戴在右手食指上，又把戴着一克拉婚戒的左手比在一起看，然后开心地笑起来。

林晓筱说，她喜欢酱紫，因为酱紫有着过人的理解力、无边无际的体恤和慰藉人心的强大能力。酱紫笑着回答："彼此彼此，只怕你比我更胜一筹！"

这话倒真不是虚与委蛇，酱紫还记得在林晓筱面前暴露少女时代最大的暗黑秘密时，林晓筱给她的那个温暖的拥抱。

　　大三那年的夏天，还没有成为酱紫的姜丽丽，破天荒放了林晓筱一次鸽子。在校门口傻等半天的林晓筱打来电话，她才慌忙道歉，说临时有事，忘了答应过下班后陪林晓筱去逛街。林晓筱悻悻地嗔怪她两句，挂了电话。姜丽丽没有告诉林晓筱，她此时距离校门口不足百米。

　　姜丽丽坐在路口那家小面馆临窗的桌前，对面坐着一个消瘦的中年男人。她收起电话，和男人继续说笑吃饭了。男人宠溺地夹了面前的酱牛肉递过去，姜丽丽隔着桌子欠起身，张大口淘气地连他的筷子都咬住了，男人疼爱地笑着，慢慢抽出筷子，她也笑着坐回去，用力嚼着牛肉。无意间一转头，看见了玻璃窗外惊讶得眼珠子都快掉地上的林晓筱。姜丽丽平素常说自己是个天煞孤星，这个从天上掉下来的"亲人"，显然需要解释一下。姜丽丽指着窗外的林晓筱说了声我同学，起身出去。男人怔了一下，有些慌张地看看姜丽丽的背影，又看看窗外的林晓筱，从桌边的烟盒里摸出支烟，点上。

　　店外，林晓筱尴尬得几乎转身要跑了，她面对着姜丽丽，傻乎乎地说了句："你不用出来。"姜丽丽故作轻松地笑笑："没事儿。"接下去，两个人都有些手足无措，说不出话来。林晓筱忽然向前，一下子抱住了姜丽丽。姜丽丽瞬间有了泪意，林晓筱用力拍了拍她的后背，放开她，头也不回地跑开了。姜丽丽笑着揉了揉眼睛，转身进了面馆。

那天晚上，姜丽丽没有回寝室，她住在了外面。第二天在校园里，姜丽丽告诉林晓筱，那人姓韩，是她读高中时的政教处主任兼政治课老师，"他对我很好"。

姜丽丽的语气里有巨大的肯定——这个四十岁男人给了十五六岁的姜丽丽异常复杂的生命感觉：她还记得他第一次长久地吻她，回到寝室楼，在水房里刷了十五分钟的牙，都依稀还有不洁的感觉；她还记得课间操时，操场边他披着藏蓝中山装捏着烟蒂板着瘦长的脸在巡视，队列中她在做扩胸运动，伸展双臂，他严肃的目光里跳跃出一丝只有她能捕捉到的疼爱、怜惜的光，那光带给她灼灼的让人血肉膨胀的愉悦；无法言喻的恐惧与前所未有的安全感同时降临，有恃无恐、肆无忌惮与小心翼翼如履薄冰并存……当他擦着满脸的油汗告诉她，终于托熟人为她争取到了一份日报社发起的本市贫困生助学捐助，姜丽丽内心首先涌起的，不是关于未来的无限憧憬，而是终于得到解脱、获得自由的巨大喜悦。虽然后来姜丽丽握着临别时他送的那部红色翻盖的三星手机，会嘴角带笑地想一会儿他，心底那股甜甜酸酸的味道不知道应该归入淡淡的思念，还是温馨的回忆，但姜丽丽实际上和他早就是渐行渐远渐无声了。那晚是他们分别三年后的第一次见面，见面如久别重逢的亲人……所有的感觉都是如此复杂，复杂到作为当事人的姜丽丽都无法言说，甚至无法清楚辨析，但最后，姜丽丽决定肯定这些感觉。

　　不只是对自己的过往，对林晓筱的当下，对任何人，对任何事，酱紫越是理解，就越难轻易否定。不过这份"过人"的理解力，对于酱紫的写作反而构成了某种障碍，她写的故事总是不够拧巴，不够苦难，也不够底层，缺少痛苦、血泪和愤怒，文学杂志的编辑老师忍不住对着酱紫那些云淡风轻的文字咂咂嘴：不尖锐，不深刻，不够狠，没有生活——你应该是很有生活的呀？

　　酱紫不知道该如何消除老师的困惑，老师也不知道该如何解决酱紫的问题。老师是在周鹏饭局上认识的，离开时他让酱紫抱走了一大摞各种文学期刊。编辑老师倒不纯粹是为了缓和退稿的难堪，而是真心认为酱紫需要补上阅读文学期刊这一课。最会揣摩人家"规矩"的酱紫自然是一点就透，但她多少对这些"规矩"有些腹诽：如果文字的世界和现实的世界一样，甚至更糟——那干吗要那个世界？但她不会傻乎乎地把心底的这句话说给任何"圈子里"的人听——眼下和周遭的一切并不重要，她要去北京。

　　2009 年的夏天，艾薇也去了北京。林晓筱说，奶奶被查出乳腺癌晚期，希望死之前看到小姑姑的孩子。艾薇当即就辞职去了北京，努力要怀孩子。艾薇的孩子并没有天遂人愿地到来，林晓筱的奶奶就去世了。林晓筱说小姑姑在葬礼上哭昏了过去，回到北京病了很久……

　　艾薇和林晓筱都在北京，酱紫认为这是命运的暗示。

　　酱紫的写作生涯以及与周鹏的关系，都没有因为离开经三路就戛然而止。酱紫陆续发表了两三篇小说后，周鹏帮她争取到了一次到北京参加全国青年作家高级研修班的机会。

酱紫事先没有告诉蜜月中的林晓筱，林晓筱从马尔代夫回来后不久，酱紫突然出现在了她面前。酱紫看着林晓筱惊讶得张着嘴说不出话时，笑了。酱紫手里拎着一个塞得鼓鼓囊囊拉不上拉链的手包，身后拖着少皮没毛的塑料箱子，里面装着她的全部家当。酱紫坐了一夜火车硬座，清晨七点钟抵达北京西站，她没有直接去高研班所在的文学院报到，而是先去找林晓筱上班的出版社。

酱紫看着林晓筱笑，笑着笑着落下泪来，林晓筱跑过来拉住了她的手。林晓筱的手肉乎乎的，软、细、温暖、有力，安慰里透出强势，酱紫的手温柔地回应着林晓筱的手……

4

五年来，林晓筱守着一份工作，一个老公，生了一儿一女；酱紫则走马灯似的年年换工作、换住处、换男朋友……虽然酱紫的住处越换越远，但即使隔着大半个北京城，林晓筱和她时不时还是要见个面。她们永远单独约在外面见面——家里不方便，有别人也不方便——看电影，看展览，看演出，或者逛街购物吃饭喝茶聊天……在五道营胡同改作希腊餐厅的北京老房子屋顶阳台上，细细分辨伯爵红茶里那点儿佛手柑的清香，窝在藤椅里抬头看青砖灰瓦上秋阳光影的变化，不约而同跷起的两双玉足，四只大红鞋底不期而遇时，她们会相视一笑……言语建构的世界消失了，一切都是真的——她曾经拟想过自己身处北京的种种美妙细节，真实的此刻似乎比自己当初的拟想还要美妙——如果酱紫不被理智提醒：自己脚上踩的大红底是从微商那里购入的来自长江三角洲或者珠江三角洲的高仿货，而林晓筱穿的则是和老公一起参加戛纳电影节时自己买的货真价实的克里斯提·鲁布托（Cristian Louboutin），她老公的作品去年参加戛纳的短片竞赛单元，还得了个奖……

她们依然生活在两个世界，唯一改变的是酱紫的感觉。此前林晓筱的世界对于酱紫来说，是理想、远方和未来，当这个理想世界拥有了北京这个名字，当酱紫来到了真实的北京，远方与未来就消失了，两个世界奇妙地重叠在一起，只是隔着一层透明的膜，看不见摸得着撕不破——龇牙咧嘴去撕一张看不见的"膜"，会显得像个疯子。于是，酱紫顽强地淡定着。

酱紫依然不抱怨，林晓筱依然不炫耀。酱紫不用抱怨，铺天盖地书写京漂生活辛酸、描摹帝都生存艰难的文章被无数人在朋友圈转来转去，每天都有人在替酱紫抱怨，但即便如此，那抱怨依然是别人的，不是酱紫的；林晓筱也不用炫耀，她的生活在朋友圈里全方位直播，苟日新日日新又日新——可酱紫的朋友圈中，谁又不是如此呢？林晓筱好歹还算克制，不会赤裸裸地炫富、无格调地晒娃，只是参加丈夫朋友拍的电影首映式或者某位相识大导的戏剧邀请展，还是要秀一秀——当然，主要是为了给朋友做宣传……

三十岁的酱紫，略带怀缅的忧伤和宽容的微笑想着自己十七岁的旧梦，她现在能够理解自己，理解自己和林晓筱两个世界的成因，并且因为理解而接受这无力改变的现实。她告诉自己，两个世界各有各的艰难困窘，也各有各的岁月静好——不同而已。林晓筱用熟练的修图技术铺陈出来的清贵优雅的生活现场，别人看不出，酱紫却能闻得出，那越来越浓重的无聊造作和郁郁寡欢的气味。而酱紫蝉蜕蝶化，如今弥散的不是穷酸气土腥气汗臭气，而是与林晓筱一样的"迪奥""真我"的香氛……酱紫为此感到欣慰，毕竟她真的把自己安放在了北京。

酱紫在高研班学习一周之后，就通过招聘网站找到了一份兼职，那家文化公司也在高研班结束后正式和酱紫签订了劳动合同。酱紫到北京后首先就辗转于两个对比鲜明的生活场景中：总算入得门墙的酱紫，在文学院高研班里见到的文学同道或者前辈，无论真假深浅，总有几分"竹篱茅舍自甘心"的恬淡；而去公司开创意策划会，妖孽丛生的会议室里总是烈火烹油热锅撒盐……墙里是老梅寒姿，墙外是浓桃艳李，原本心存腹诽的酱紫自然不想守——想守也守不住！

时也运也命也，红杏出墙的酱紫正遇上和风暖日的春天。

也就是从她到北京的那年开始，文创孵化器、创业者咖啡馆，甚至某些居民楼都成了蜂巢蚁穴，蠕动着无数从事内容生产的文化传媒公司，方生方死，方死方生；接下来两三年，微信公众号几乎成为每家企业的标配，小公司外包，大公司自己养团队——花样翻新地讲述魅力故事，早就冲破了文艺的边疆，成为不分行业的全市场刚需。最善审时度势的酱紫，凭着良好的文字能力、良好的沟通能力和同样良好的体力，在北京的职场道路走得异常顺利，她的月薪半年之后从三千到了五千。一年后跳槽，高情商高智商的酱紫面对 HR 经理开出了月薪税前一万的价码，签下那份工作合同后，酱紫有一种破茧成蝶的飞扬感，一颗心翩然起舞，如同扑面而来的团团飞絮，在京华三月的浩荡春风里扶摇直上云端……

只要风足够有力，能飞上天的不只柳絮，还有那头著名的猪。四年来旁听过多场商业计划书宣讲的酱紫，当然知道，这个时代最伟大也最可爱的地方，就是每个人都有可能站上风口与浪尖，缔造传奇。但十八岁就经由艾薇而对文字祛魅的酱紫，即使那些文字里加上了四处奔突的箭头和各类柱状图、饼状图、曲线图、SWOT分析图和 Excel 表，做成了酷炫的 PPT，讲故事依然还是讲故事，她早就练出来了一双冷眼——讲故事是要别人相信，而不是自己相信。

酱紫几乎从来不相信自己讲的鸡汤故事，但这丝毫不妨碍她日渐精进自己的熬汤手艺。酱紫可以熬浓浓的励志鸡汤：《当你爱上读书的时候，世界就爱上了你》《出身寒门，有一条路可以通往高贵》；善意提醒的胡椒鸡汤：《别在该看世界的年纪去买包》《记住你很贵，别便宜任何人》；自黑向上的麻辣鸡汤：《香奈儿 NO.5 与韭菜盒子都很香》……别人的征途是星辰大海，酱紫的道路是从回龙观到海淀黄庄。

因着一手漂亮的鸡汤文，也因为在几乎天天加班的情况下，她奇迹般地拿下了中国传媒大学传播心理学方向的在职硕士学位，酱紫在公司颇受器重，工资绩效加上稿酬，她是公司文字编辑中拿的最多的。楼上那家互联网公司白皙清秀的技术男，从天天在电梯里碰面，经过一年的任职试用，正式升级为谈婚论嫁共凑首付的同居男友，所以从回龙观到海淀黄庄这条路，她走得踏踏实实。

某种意义上，酱紫的淡定竟也是真的了。

因此，酱紫对林晓筱发的朋友圈总是凑趣、捧场的，没话说至少也要点个赞。林晓筱依然残存的孤高自许，在朋友圈里的主要体现是她从不转发滥俗的公众号文章，不仅酱紫写的不转，就连小姑姑艾薇写的也不转。但2015年的年底，林晓筱却破天荒在朋友圈里转发了一篇公众号文章。

林晓筱转发这篇文章时颇为自豪地写道：作者"花斑麂子"，我的婚礼伴娘，多年好闺蜜，突发奇想去弄了个公众号，没想到第一篇文章就成了刷爆朋友圈的"10万+"，眼光毒文字好，才气纵横么哒!

"花斑麂子"这篇描述所谓"昌平名媛"生活的文章，看得酱紫失去了淡定。

作为月薪税前两万居住在回龙观或者天通苑附近的"昌平名媛"，怀揣尘世间最为壮阔宏伟的梦想——买房，成为十三号线上的寄居兽，在用"中古""古着"字样遮掩的二手货淘宝店逡巡，会因为早餐要买六块钱的煎饼还是八块钱的肉夹馍在心里挣扎一下，闺蜜聚会时挎在胳膊上的古驰包会在那个名为"闲鱼"的寄售APP上来来去去，周日早餐切开牛油果或者喝英式下午茶时咬一口粉红色马卡龙，宛如天主教徒在教堂里领受的那口红酒配面包，是一种升华灵魂的神圣仪式……文章里这些真实准确的细节，刀片一样将酱紫剥皮剔骨，一种崩塌解体的痛楚让她头脑混乱，神游一般被汹涌的晚高峰人流携裹着出了回龙观地铁站，她花了一段时间来辨析自己的情绪——类似的文章她见得还少吗？就算这篇文章改控诉为自嘲，措辞刻薄有趣，也不至于让她反应如此强烈呀！

只是因为，这是林晓筱转的——酱紫的生活境况被剥得一丝不挂推到了林晓筱的面前——难道酱紫认为林晓筱此前对她真实的生活境况一无所知吗？酱紫忽然觉得自己很可笑，但她又不清楚自己究竟在笑什么：长久以来自我催眠得来的良好感觉，还是刚才内心那番毫无意义的山呼海啸？

酱紫一抬头，发现同居男友站在地铁站外，显然是在等她。男友的父母今天到北京，是专程为他们的婚事来的。酱紫和男友决定不办婚礼，过两天去领证，签下看中的那套二手房，作为他的新婚妻子一起回家过年。酱紫上午就订好了快捷酒店和一起吃晚饭的餐馆，看着他一脸心事，她陡然有了不祥的预感。

果然。男友接到父母之后，在车站就发现父亲走路困难，母亲遮掩说腿有些肿。男友觉得不对劲儿，追问了半天，才知道父亲的糖尿病引发了肾炎，父亲一个劲儿解释，"没事儿，这都是慢性病，在家住过医院了，吃着药呢"。

受过高等教育的儿子，通过三分钟的网上搜索浏览，就基本了解了这种病的严重性。他把父母安排到了酱紫订的快捷酒店，就直接过来等酱紫，要告诉她自己的决定——父亲需要在北京治病，农村合作医疗能报销的比例有限，而他是家里唯一一挣钱的孩子，他不能不管。

酱紫听完他的话，说："先回家吧。"

一路上，两个人都一言不发，回到出租屋，酱紫低头坐在沙发上脱靴子。不知道是因为疲惫、沮丧、悲哀，还是在拥挤的地铁上站了一个多小时脚有些肿，她拽了几拽，竟然没扯掉靴子。

酱紫丢开拽不下来的靴子，抬头看着男友，男友无声地滚下泪来。

酱紫说："别哭。明天咱俩一起去取钱。总得吃饭——你请父母到家里来吧，外面的饭油大盐多，咱们一起做。"

酱紫和男友两个人查着百度买食材，又查着食谱做了一桌清淡却用心的饭菜，虾仁蒸蛋是父亲可以吃的，豆制品却不可以，稻香村的坛子肉男友去年带回家去过，父亲不能吃，但母亲喜欢吃……其他房客善解人意地为他们让出了餐桌，一顿晚饭倒也吃得其乐融融。饭后，酱紫拿出了捆扎着银红色缎带的盒子，里面是条浅驼色山羊绒戒指披肩——她为未来婆婆准备的见面礼。巨大的披肩水一样从窄窄的指缝间滑过，男友母亲怕烫手似的摸都不敢实在地摸，坚持要酱紫自己留着戴，她从自己的中指上拔下个颇为厚重的金戒箍，说："闺女，你去打个好看点儿的花样，是个念想儿。"

酱紫抓住男友母亲的手，笑得很甜，说："您先留着，等我去家里再给我。"

第二天，酱紫将男友交给她的存款全部取出还给了他；一周后，男友父亲住进东直门肾病专科医院，男友将全部东西搬到了同住在回龙观的一位朋友那里；平安夜，男友回来，将红色缎带绑在腕子上，把自己当作圣诞礼物送给酱紫，圣诞清晨，用一个带着牙膏味道的吻，把她叫醒；2016年元旦，两个人用萌萌的微信表情互致新年问候，那之后，他们彼此再无消息……

酱紫失去的与其说是伴侣，不如说是战友。他们之间的情感究竟是不是爱情并不重要，但他们之间真的有感情。男友说，就像在森林里，他被老虎咬住了腿，酱紫根本无力杀死老虎救出他，留下只会一起葬身虎口，最好的办法当然是丢下他逃命——他会大喊着让她快跑！快跑！

失去战友的酱紫陷在一种镇定自若的绝望里。酱紫从七岁就开始孤军奋战的强大内心，竟然因为几个月的温情浸泡变得如此脆弱——她自己也不知该如何是好。她上班下班，说笑购物，一如既往，不摔东西，不号啕大哭，不跟任何人发脾气……她心里正在发生寂静无声的崩溃，除了她自己无人知晓。没有人知道，她站在地铁站台上，看到对面显示屏上滚动播放着百事可乐"过年回家"系列微电影，突然涌起迎着开过来的地铁跳下去的冲动。为了克制这种冲动，她会在站台上抖成秋风中的叶子；又为了克制这让人诧异的战抖，她狠狠地咬住自己的手腕，直到嘴里有了血的腥甜……

酱紫将那条山羊绒戒指披肩寄给大姨作为过年礼物，像过去很多个春节一样，一个人把头埋在食物、影视剧和各种娱乐视频中间，七天也不会显得太过漫长。只是今年的第一天就有些难熬，酱紫窝在沙发里把《欲望都市》从第一季复习到第六季，到晚上喝光了两瓶红酒——她醉了，醉得像很久以前那个除夕的林晓筱。酱紫忽然很想林晓筱，很想和她说句话，她抓起电话打了过去，电话一直没有人接……酱紫把自己扔回到沙发里，电脑顺序播放着《欲望都市》的续集电影，屏幕上，被抛弃在婚礼上的女主角凯莉，正将手机扔向加勒比海……

如果除夕那晚，酱紫打通了电话，和林晓筱两个人闲扯一番，约个节后见面的时间，在挂断之前接受一下林晓筱四岁儿子两岁女儿奶声奶气的新春祝福，酱紫也许就会接着复习完《欲望都市》的两部续集电影，在酒精和电影双重麻醉带来的温暖中沉沉睡去；那么在 2016 年 2 月 14 日那天，就会打起精神去公司上班而不是辞职；三月份遇到新房客罗鑫，五月份罗鑫失业后让他住进自己分租的主卧，六月份见到把她看成儿子拯救天使的罗鑫父母，与他父母齐心协力劝阻罗鑫打游戏鼓励他找工作，努力培养一个可以谈婚论嫁的继任者，自己的积蓄加上罗鑫父母的帮助，十月份在自己获得购房资格的时候，签下梦寐以求的购房合同，同时筹划婚礼……

酱紫后来想想，自己的人生原本可以按照上面的剧本演绎。

但那晚她没有打通电话——她也真是醉了，不然也不会在除夕夜去打扰合家团圆的林晓筱。林晓筱和她不一样，她是两个孩子的母亲，一个四世同堂北京土著大家庭的长孙媳妇。据说她夫家长辈有很多讲究，但林晓筱也不无得意地吐槽，她丈夫开玩笑说她是"演技派中国好媳妇"，他们全家欠她一座小金人儿。

想着林晓筱在为自己的小金人儿努力，自然没空儿回电话，酱紫却还是忍不住去看手机——竟是在盼望了……她盯着电脑屏幕上的电影画面，忽然泪崩。窗外是北京的除夕，不是纽约的新年夜，空中没有飘飘的雪花和《友谊地久天长》的歌声，没有皮草裹在睡衣外面打不到车就坐地铁穿过城市来告诉你"you are not lonely"的闺蜜……酱紫一个人在演自己的春晚，上半场号啕大哭，下半场对着马桶呕吐，敲钟时她漱口洗脸，起身打开窗户。

遥遥一片烟花交织而成的绚烂的海，这片光与色的海悬浮在半空中，翻滚出金红艳绿的浪，一波一波……凛冽的寒风中有着浓浓的硝磺味，密集的鞭炮声宣告着新春到来，酱紫的酒意在那浩荡铿锵的烟火气中彻底醒了。她关上窗户，回到沙发上，自言自语："好了，哭也哭过了，闹也闹过了，自己跟自己撒娇也撒完了——还是笑着活下去吧！"

这话不是鸡汤，而是酱紫想明白了，除了笑着活下去，她没有别的选择。她把自己的这次绝望崩溃理解为撒娇——想跳下地铁站台的冲动也包括在内。委屈了，被伤害了，想要的被夺走了……我死给你看！酱紫的理智终于回来了。死给谁看呢？没人会看。就是看，也是看新闻——连故事都不是，只是事故，说不定还是笑话……

　　酱紫恢复理智之后决定洗洗睡了。关了灯，闭上眼，残余的酒意让她在枕上依旧有着轻微的晕眩，睡意蒙眬降临。她又回到了那个黑暗的小柴房，猪圈里那头不安分的母猪又在拱门了——不能再开门放它进来了，虽然冬天和它偎着睡很暖和，第二天妈看见了，猪和她都会挨打……酱紫忽地坐了起来，抹了一把额头上的汗。

　　她长大了，大到那个柴房里的小姑娘从来没有想象过的年纪，三十岁，不，从这一刻开始该是三十一岁了，从那个小柴房，到大姨家的小床，到大学寝室的上下铺，房东留下的弹簧塌陷的席梦思……从高中政教处的值班室，到经三路的出租屋……从乡卫生院到县城到郑州到北京……自己靠一股无以名状的蛮力走过了几生几世，在她以为自己终于结束了狼奔豕突的求生之路，可以假装有些诗意地栖居在北京的五环外了，于是就让那股帮她渡劫转世的蛮力消失了。此刻，她发现，自己依旧是柴房的那个小姑娘，所谓安稳的幻觉，不过是与那头母猪在黑暗和睡梦中的温暖依偎，命运随时都会降下责骂和棍棒……酱紫内心的蛮力因为恐惧和愤怒再次被召唤了出来。

　　"无产阶级在革命中失去的只有锁链，而将获得整个世界。"酱紫忽然想起这句话。跟着这句话出现的，是久已淡忘的韩主任的瘦脸，那是高一记忆深刻的第一节课，他用炫技的语速极快地背诵完那篇名篇佳作，就为告诉学生，这门课的诀窍就是背背背……酱紫看到了十五岁的自己，那个一无所有的小姑娘，仰着脸看着讲台上的老师，她的眼睛亮晶晶的，她不明就里，却被那些陌生的话语本身吸引了——她喜欢那精巧的比喻，喜欢那强烈的措辞，喜欢那无法抗拒的感染力……于是，她相信那话，于是，她无比勇敢……

她曾经勇敢，她依然勇敢。

林晓筱对于酱紫辞职创业最为热情的肯定性措辞就是"勇气可嘉"。那是春节后她们第一次见面吃饭，酱紫本想继续谈下去，但林晓筱几乎立刻就把话题转到了新片《疯狂动物城》上。林晓筱前一天带儿子刚看过，却意犹未尽，一听酱紫还没看，立刻说："必须看！五楼就是影城，吃完饭我陪你再看一遍！"

酱紫在林晓筱如痴如醉讲述狐狸兔子和树懒的缝隙处插话问："初七那天，我去了你小姑姑的新闻发布会，她宣布的那个'一千零一夜'计划，具体内容你知道吗？"

林晓筱愣了一下，说："我不清楚。她哪有空儿跟我废话呀？——你知道吗，迪士尼细节做得特别棒，动物城里的广告牌和购物袋，都有小心机……"

酱紫怔怔地望着喋喋不休的林晓筱，忽然觉得很陌生，陌生得像假的——不只是艾薇，从前她们津津乐道的很多话题，不知何时都从她们的谈话中淡出了。两个人当下的生活里再也没有什么苦涩艰难、不足为外人道的"隐秘"可聊了，她们之间只剩下了纯粹的

"闲话"——轻松了还要轻松，快乐了还要快乐，像嚼着满嘴的棉花糖，甜腻，空虚，让人疲惫……

林晓筱拉着酱紫奔向五楼影城，林晓筱的手依然如故，肉乎乎的，软、细、温暖、有力，安慰里透出强势，然而此刻酱紫的手，却烦躁得想狠狠地甩开林晓筱的手……

酱紫对艾薇心存指望，不是肤浅庸俗的攀龙附凤，幻想因此可以鸡犬升天。对于成为行业大咖的艾薇，她虽然保留了少女时代充满深情的暗恋与崇拜，但爱得并不盲目。她的指望，是对艾薇事业发展路径深入分析之后的合理预测。

"临水照花人"早期发展神速，是因为艾薇有时尚杂志基础粉丝的老本儿可吃，加上入行最早且很快得到了投资，短短数月就膨胀成为百万量级的大号，接着视频节目上线，艾薇的人设从带着文青气质的时尚偶像，升格为情商智商颜值三高、自带"人生赢家"光环的文化女神，媒体曝光率进一步推升粉丝数量，艾薇一时无二的风头，就这样形成了。可惜时光无情，不过两年，艾薇和薇蜜们都已经"老"了。

那些从时尚杂志时代转移过来的铁杆薇蜜，早就结婚生子进入了下一个人生阶段，关注和消费重点开始转移，无论是母婴、健康，还是情感、心理、夫妻关系，更不要说竞争激烈到肉搏的美妆、健身领域了，艾薇都谈不上专业，她身上"女神"色彩太浓，

"达人"色彩不够，专业竞争力较弱。其次，艾薇并不是"90后"甚至"00后"的时尚偶像，而这些"后"们则是无法忽视的消费主力群体。再者，《艾薇女士的客厅》固然成功，但视频节目的文化定位与"薇店"的产品设定之间存在着微妙却致命的错位，喜欢"客厅"那种"高端文艺范儿"的人群，只怕未必会为薇店里的"庸脂俗粉"买单……"薇店"过亿的年销售额不过是强弩之末——"粉丝"消费的驱动力固然因为情感代入有一定的黏性，但对于在移动互联网上越来越见多识广的薇蜜们来说，"薇店"也越来越像一个缺乏辨识度和吸引力的老旧杂货店了。

市场很残酷，繁花似锦转眼锦绣成灰的公司并不罕见。酱紫相信，她都能看出来的危机，艾薇也一定能看出来。微格基金在这当口能乐观地投给盛世薇光两个亿，应该是有原因的。所谓百足之虫死而不僵，哪怕死了也有庞大的肉身可以成为哺育后代的养料，更何况艾薇此刻将衰而未衰，她最为明智的做法必然是将影响力在有效时间内完成转移，从爆款延展成平台，从大咖升格为宗师，开宗立派，生生不息……

酱紫扪心自问，还有谁比她更有资格位列艾薇的门墙呢？

艾薇在新闻发布会上语焉不详地提及融资后将启动"一千零一夜"计划，给所有有话说且会说话的人一个讲述的舞台——酱紫带着心有灵犀的欣慰与快乐，在人堆里给麦克风前的艾薇鼓掌。

五个月后，盛世薇光的"创世"APP上线，这是艾薇宣布的

"一千零一夜"计划的一部分。"创世"是为有"脱口秀"才华的素人准备的"星光大道"，盛世薇光将为这些有才华却缺乏资源和平台的明日之星提供所需要的一切，从包装到推广，竭尽全力。"创世"有直播和录播视频两大板块，录播投稿要求是原创且没有在其他任何平台播出过，无论直播还是视频，经由"创世"推出后，盛世薇光都与作者共有版权，酱紫通过官方渠道和"创世"的编导联系，了解到平台主推的那些主播都和盛世薇光签有至少为期五年的"卖身契"。大咖站台，现场酷炫，星光熠熠的发布会全网直播，看完那些闪亮登场的首批签约主播的表演，酱紫内心一声长叹。

酱紫猜对了一半。艾薇的做法，是从爆款延展成为平台，从大咖升级为宗师，但她没有猜到，艾薇同时还换了场子和调子，把客厅、书房换成了天桥、八大胡同，从林徽因变成了赛金花，广告语中"风华绝代"那四个字倒不用换，还能接着用。酱紫的用心揣度苦心追随，却不得不换成自作多情自以为是了。

酱紫从艾薇"低到尘埃里"的姿态转化中，读出了一种全面的自我否定——艾薇放弃了价值观输出。艾薇是靠价值观强输出的鸡汤文起家的，虽然那时候还没这个词，她的"客厅"其实是她的"道场"，"临水照花人"不过是姿态别致的布道者，布道者应该选择门徒，而不是摇身一变成为经纪人、老鸨子！

酱紫失却了与艾薇的默契。也许这默契从头到尾都是她的一厢情愿，沮丧里夹杂着难言的愤怒和怨恨，但她也就放任自己在心里无声叫骂了十分钟，然后冷静下来审视艾薇的选择。"创世"看似创新的模式，骨子里却因袭了艺人经济的模式，人身约束契约对于艺人是生效的，而对于优秀的内容生产者往往是无效的。"脱口秀"核心价值在于内容，而非表演，"创世"的定位似乎是兼顾了内容生产者和表演者，这种"脚踩两条船"的精明，最终会变得有些尴尬。

酱紫也知道自己这点儿小道理多少有些酸葡萄，能超越资本掌控的优秀内容生产者毕竟是凤毛麟角，所以现实就是要么按人家的规则玩，要么就出局。酱紫随即调整了自己的定位，把"后真相时代"前一百期的运营情况整理出了一份完整的资料，并且附上了精华文章和视频资料，郑重拜托林晓筱，转交给艾薇。

一个月后，林晓筱约酱紫看电影，同时给酱紫带回来一份带着微格基金抬头的书面反馈："后真相时代"泛娱乐的市场定位垂直度不够，粉丝的行业精准度不高，商业模式无法成立。对于投资人最为看重的团队构成和退出机制，前者目前来看核心成员多是兼职，稳定性差，后者则几乎没有涉及。总之，暂无投资意向，最后面有微格基金投资顾问的签名。

林晓筱说："我也弄不懂你们这些事情。反正小姑姑说你挺能干的，做到现在这个程度，不容易。只是还有些问题，她说有合适的机会就让人联系你。"

酱紫没再多说什么，和林晓筱一起去看《七月与安生》了。大银幕上周冬雨笑眼弯弯，身边林晓筱涕泗滂沱，酱紫脑子里想的却是微格基金的反馈，哪些是实话，哪些是虚辞……回去的路上，林晓筱挽着她的胳膊，一路抒情怀旧，酱紫看着前方渐次亮起的路灯，心绪低落到极点——投资人指出了她真实存在的缺陷，但那是缺陷，不是缺点，她无力去改变……

酱紫沉默里的哀伤被林晓筱阴差阳错地误读成了与她心有戚戚，她在酱紫耳边轻声说："十四年了，还能和你在一起，真好。"

酱紫百感交集地笑笑。她送给艾薇看的资料，并不是一份适合给天使投资人看的商业计划书，酱紫希望艾薇能够看出"后真相时代"的潜力和价值，伸出援手弥补那些她无力改变的缺陷，然后共同面对资本；或者只是通过这些内容看出酱紫本人的能力，向她发出合作的邀请……艾薇竟然什么都没看出来——也许是不想看出来吧。也许你本来就没有，让人家看什么？

就在酱紫对艾薇的失望即将转化为对自己的灰心时，乌迪出现了。

乌迪是"羊驼牧场"的创始人，羊驼别名"草泥马"，所以"羊驼牧场"的 slogan 就是："好好骂人，天天向上"——从名字和口号就可以想见乌迪的风格了。"low""贱人"以及各种"婊"是"羊驼牧场"里高频出现的词，虽然上线不过一年，却风头正健。乌迪一出江湖就剑指艾薇，一口气推了十期撕艾薇的长文，图文并茂条分缕析地论证艾薇这位"专注熬汤二十年"的殿堂级"鸡汤婆"，兜售的是撒了心灵砒霜的毒鸡汤——文化的羊皮下藏着消费主义物质崇拜的恶狼，不仅吞噬你的心灵，还要掏空你的钱包。乌迪原创了一个专属名号敬赠每期节目里都要烹茶的艾薇——"龙团凤饼婊"。

艾薇不仅笑纳了"龙团凤饼婊"的雅号，而且专门为此做了一期节目名为《风月婊鉴》。在节目里和嘉宾笑谈"绿茶婊""红茶婊""奶茶婊""咖啡婊""菊花婊""龙井婊""普洱婊""圣母婊""观音婊""地沟油婊""麻辣香锅婊""黑芝麻糊婊""（海天）酱油婊""农夫山泉婊"——无色无味，瞬间可以变成各种婊，她不制造婊，而是婊的搬运工……艾薇和她请来的嘉宾旁征博引，谈刻板印象、性别歧视、传播学中"沉默的螺旋"，分析这些甚嚣尘上哗众取宠的污名化表达，事实上是一些素质低下的新媒体人在恶化"意见气候"，并非大众真正的选择；谈粗俗、低劣的语言表达，甚至将脏话升格进入日常表达甚至书面表达，是在污染我们的汉语，戕害中华文化……言而总之，乌迪才是制毒贩毒的千秋罪人，精神雾霾制造者！

艾薇和乌迪风生水起精彩激烈的隔空互撕让双方都上了热搜，不仅乌迪一战成名，艾薇也为正和多家风投谈融资的盛世薇光造了势，事实上成了一次互惠互利的互相捧场。只是生意归生意，人心到底是人心，艾薇对乌迪恐怕实在是喜欢不起来，就连礼貌敷衍都不大做得到。融资完成的新闻发布会后有个简单的冷餐会，乌迪握着香槟杯大方地上前向艾薇表示祝贺，艾薇颇为勉强地和她碰了一下杯子，却只冷冷地握着杯子，连象征性举到嘴边都不肯，随即就转脸和旁边的人说话了。乌迪不无尴尬地自己咽下了那口酒。

酱紫当时就站在旁边。

那天是春节假期过后第一天上班，酱紫去单位辞职，收拾自己的东西，在同事的桌上看到了当天下午新闻发布会的请柬，就跟着混了进来。站在人群中鼓掌之后，自然想上去说句话，艾薇始终被祝贺的人包围着，酱紫站在旁边等机会，看到了乌迪尴尬的瞬间。酱紫看看艾薇周围的情形，感觉自己是等不到说话的机会了，而且艾薇目光几次从她脸上扫过，神色完全是在看陌生人——她想必从酱紫身上辨识不出当年那个姜丽丽了。酱紫念头一转，迎向转身走开的乌迪，做自我介绍，并且掏出手机，给乌迪看自己刚刚推送了一期的公众号"后真相时代"。

酱紫知道自己有些冒昧，毕竟乌迪也算江湖一号人物，她甚至做好了应对冷遇的心理准备，乌迪却笑着拿出手机关注了这个公众号，并且说："名字不错！"

也许乌迪只是出于社交礼貌的赞扬，但依然使得酱紫瞬间心跳加速。

"真相只是你的选择。"乌迪念出酱紫精心设计的 slogan，哑摸了一下，笑着朝酱紫挥挥手："回去好好学习你的文章。再见，柯南！"

酱紫那晚反复回想乌迪的表情：看到公众号名字时她眉毛一扬，眼睛里闪过一丝欣赏的光，而看到自己提出的口号时咂摸那一下，似乎是有些费解，又觉得有些意思……八个月后，酱紫收到了一个自称为乌迪的微信好友邀请。

酱紫将信将疑地加了这人的微信，发过去一个问候表情，很快收到了一段语音——竟然真的是乌迪本人！

"酱紫你好！我是乌迪。情人节那天被你撩了一下，就坠入情网了，一百零八期'后真相时代'，每寸肌肤都被我的目光深情抚摸过。做公众号的妖艳贱货多了去，但有颜有胸还有脑的就不多了。能用本格推理的调子讲八卦，一讲一百多期，很牛逼！看你坚持过了一百期，我就让 HR 去查你的资料了，你的前任说你器大活好，现在还没有被人包养，我就忍不住春心荡漾了。明天下午中关村车库咖啡，一点半到三点，约吗？"

酱紫把这段四十七秒荤素花搭的语音听了三遍，听完才意识到自己满脸是泪——喜极而泣！酱紫心底翻滚着喜悦的浪花，当然，还有难言的感激。

酱紫到的时候，乌迪还在和人谈事儿，酱紫等咖啡的时候盯着墙上的那句"创业者的乌托邦"出神。送走前一个谈事儿的人，乌迪和端了咖啡的酱紫回到座位上。乌迪那天是机车皮衣本色仔裤配牛津鞋，板寸，桑葚紫的唇膏，若她不开口说话，肯定会被人误会性别。乌迪是艾薇的同龄人，酱紫原本恭恭敬敬执弟子礼，在乌迪的反复"调戏"下，渐渐放松起来。

乌迪给她两个选择，一是带着"后真相时代"加盟乌迪公司，乌迪去年拿到了风投，可以给她配团队，承担全部运营费用，酱紫会分得高管团队的相应股份，同时还有薪酬和项目提成；另一个则是乌迪加盟"后真相时代"，但她目前无法投入资金，只能提供相应的资源，帮助酱紫一起寻找风投。

乌迪一本正经地说："说白了，前一个是我上你，后一个是你上我，选个姿势吧！"

酱紫扑哧笑了，没说话。

乌迪凑近她："不用跟我玩儿口嫌体直那种套路——金风玉露一相逢，便胜却人间无数。哎，表情这么惊讶！我是流氓不是文盲——从古至今，大流氓都很有文化。"

酱紫笑还在，多了丝意味深长："就算是金风玉露，太阳一出来都没了，到时候多情反被无情恼，何必呢！咱们慢慢来，好吗？"

乌迪愣了一下，大笑起来："这是我听到的最深情别致的拒绝……你是撩汉高手啊，谁给你当万年备胎，都当得无怨无悔——"

酱紫笑中有了几分真实的悲戚。"真不会撩——只顾忙着学活下来的本事了，没这技能！"她朝乌迪竖起右手，"天生的，我没有爱情线。"

乌迪抓住她的手，仔细看，很认真地说："还没长出来，会长出来的！"

酱紫笑起来。她很清楚，乌迪给的第一个选择，等于酱紫拿着自己做了小一年的"后真相时代'在一家规模不大的创业公司找了份工作，实在划不来；而后一个选择，则意味着对价不确定的情况下先给了乌迪股份，也划不来。

酱紫虽然颇有心机地矜持了一下，没有当场宽衣解带选姿势，却和乌迪迅速进入了"热恋"状态。只要"羊驼牧场"有事，乌迪一声招呼，酱紫招之即来来之能战，且不讲条件不计报酬，遇上突发事件需要的急稿，她写得又快又好。投桃报李，乌迪会给酱紫一些意见，酱紫一点就透。同时乌迪给酱紫介绍了一位中戏的老师，酱紫咬牙拿出数万元学费，开始上一对一的表演课程。有机会乌迪也会叫上酱紫，非正式场合见一些投资人，牛鬼蛇神见了不少，能掏出真金白银的天使还没出现，但酱紫无缘无故地快乐了很多。

11月18日是酱紫三十一周岁的生日，她今天庆祝生日的方式是打开直播房间，一边不断和进来的人打着招呼，一边聊起了自己"一个人庆祝生日"的经历——七岁时她一个人爬上了村头的大树，在上面待了一天；十七岁时她在郑州一家酒店做服务生，竟然在收拾一个包间时，看到了一个完整的蛋糕被丢在房间里，像是专门送给她的；三十岁时，就是去年，她帮助分手的男友收拾东西，搬家搬了一天，晚上抱着故意被她藏起来的男友的T恤哭着哭着睡着了……而今年，她在和好几万热爱"真相"的小伙伴一起愉快地玩耍，很充实，很开心……看着有人说心疼有人刷礼物，酱紫的开心倒也不是装的。 她龇着牙不断说谢谢哥谢谢姐谢谢我的 "小苹果"，有人让她唱歌，酱紫说自己五音不全，喊了两句麦："我一人饮酒醉，醉把那佳人成双对……" 自己先笑倒了。

酱紫这时收到乌迪的一条微信，"天蝎女，英国佬儿给你送份大礼——'后真相'被牛津辞典选为 2016 年度热词！"

酱紫想起自己给公众号起名时本来准备叫 "丑陋真相"，但觉得 "逼格" 不够高，从 "后现代" 想到了 "后真相"，上网搜了发现还真有这个专有名词，而且含义还正是自己想要的那种感觉——天意呀！

酱紫当即就在直播中宣布了这个消息，五分钟后，礼花弥散屏幕，她不无得意地念出了经典励志鸡汤金句："我若盛开，蝴蝶自来。我若精彩，天自安排！"

5

酱紫怎么也想不到，老天接下去给她安排了一场怎样的意外。

那晚十点，酱紫接到了林晓筱的电话："我小姑姑出事了！"

林晓筱又急又气，方寸大乱地告诉酱紫，艾薇的丈夫在工作室打人砸东西，不巧工作室今晚只有艾薇一个人，艾薇受伤了，但不知道伤得怎么样。林晓筱的家住在西边，即使晚上道路通畅开车过来也要四十分钟，她猛然想起酱紫就住在附近。酱紫挂断电话抓起包往外冲，忽然她站住了，脑子飞速运转。就在此时，林晓筱的电话又打了过来，告诉酱紫已经把位置发给了她，让她赶快过去，其他人也在赶过去的路上，很快会到，她要酱紫不要怕……

酱紫知道自己遇上了什么——她低头翻了一下包，确定要用的东西都在。酱紫一边往楼下冲，一边叫车。她的住处离艾薇的工作室不到两公里，三十秒后抢单成功的出租车就到了楼下，十分钟后她跳下出租车。在车上的十分钟内，酱紫将包里的全部偷拍设备彻底检查了一遍，针孔摄像机镜头、电池和存储卡都没有问题，在跳下出租车的瞬间，按下启动键……艾薇工作室所在的北京北小区 7 号别墅前，种着一排小叶女贞，酱紫站下了，抬头寻找小区监视探头的位置……

酱紫是最早到达现场的人，她拼命按门铃，好不容易把门叫开，冲了进去。等到林晓筱赶到的时候，已经有四五个人赶过来了，发疯的候绍祖也被人弄走了。林晓筱和女助理帮艾薇洗澡上药。酱紫看看屋里站着的人，一个也不认识，所有人都神色紧张，时不时互相低声耳语，酱紫拿起自己的包，跟身边的人交代了一声，离开了。

酱紫步行回家，走路的时候可以好好想事情。她的电话响了。林晓筱打来的，她在电话里叮嘱酱紫一定要对艾薇遭遇家暴的事情保密，留下时间给艾薇的团队来应对公关危机。

酱紫简单地应了一声"好"，隔着电话，两人有瞬间尴尬的沉默，还是酱紫先开口："我懂。去照顾你小姑姑吧，放心。"

遭遇家暴，对于一个女人，应该是不幸，而不该是丑闻。但对于艾薇，却意味着人设崩塌——她的婚姻幸福与否，不是私人生活问题，而是产品信誉问题。四个月前，2016 年的七夕，艾薇刚推出了专门谈婚姻的新书《我愿意》，书中她现身说法地谈了夫妻相处之道，在以硕大的花体英文 "I Do" 为底纹的书皮上满是艾薇关于婚姻的金句。虽然这本书里夹带了某钻石品牌的软广告，而且销量远不如艾薇的前几本书，但依然有数万薇蜜愿意买单。如果他们发现艾薇在撒谎，不知道有多少颗玻璃心将瞬间粉碎。而且按照舆论发酵的逻辑，追问家暴原因，自然要去扒当事人——如今有谁经得起扒呀？艾薇人设崩塌，对于盛世薇光来讲，或大或小都是场公关危机。从林晓筱刚才的电话里只言片语的透露，公司还想封锁消息维护艾薇原有的人设，酱紫觉得很傻很天真——怎么可能！

酱紫挂了电话，看见有数条未读微信的提醒，有两条是关于艾薇遭遇家暴的。一个是她以前的同事，十分钟前看到有人微博爆料，来询问真假；另一个则是乌迪，什么也没说，只是转发了一个微博链接。酱紫点开看，映入眼帘的第一张照片，就是酱紫站在工作室外按门铃的背影……

酱紫到家后集中刷看微博，艾薇遭遇家暴的消息正在蔓延，虽然措辞都保留了相当大的回旋余地，但那些暗示性的用语里充满了恶意的揣测——基本是对艾薇做了有罪推定。一个名为"八婆"的娱乐营销号说得很露骨："她临水照花，照着照着你就绿了，绿着绿着你就怒了。"从消息爆出来到现在将近一个小时了，盛世薇光还没有任何回应——酱紫略带嘲讽地想，难道他们的方案是无为而治，等着危机自行消失吗？

酱紫给乌迪回了电话，说了自己刚在路上想到的方案。乌迪在电话那端没应声，似乎在思忖，很快，她说没问题，分头行动。挂了电话，酱紫在那个名为"圈子"的业内人士群里兜售自己手里的视频。半个小时之后，酱紫在群里说，视频已经售出，谢谢关注。酱紫就这样完成了销赃。这个头儿虽然开得简单粗暴，但说东走西，一丝不透接下去的情节，意外之后还要有意外——好故事不都得这么编吗！

　　酱紫第二天就跑去大兴，跟乌迪帮她连夜搭的班子一起做视频，编下面的故事去了。当然，对于故事的重要组成部分——艾薇家暴事件的舆论发酵，她们时刻都在关注。

　　最正面、最厚道也最少数的评论是"拿别人的家事炒作，无聊恶俗"，绝大多数心明眼亮的人民群众，自然早就看穿了这对夫妻表象浮华本质丑恶的婚姻。与艾薇相比，候绍祖知名度相对较低，能扒出的猛料有限，只是有人跳出来揭发当年艾薇也是"小三"上位，候绍祖本就是个抛弃患病前妻的陈世美，渣男配渣女，报应不爽。至于艾薇，陈芝麻烂谷子半真半假的"黑历史"和数位"奸夫嫌疑人"，被操碎了心的新媒体小编们和无数无私无畏不辞辛苦进行义务劳动的网友，扒出来交给群众吃着瓜嗑着瓜子细细审判了。就连艾薇那位已经在省第二监狱认真改造灵魂的前夫的贪腐案情，都被扒拉出来以飨观众了。

　　数百万薇蜜分裂成了"挺薇派"和"踩薇派"两大阵营，阵营内部再细分：有心疼女神遇人不淑的，有心疼粉丝自己真心错付的，有骂艾薇作的，有恨艾薇老公渣的，有的相信艾薇冰清玉洁"不是潘金莲"，有的相信候绍祖"宝宝心里苦宝宝不说"最后忍无可忍……不过大家骂起酱紫这个出卖朋友的"心机婊"倒是万众一心，酱紫那不知身在何处也不知姓甚名谁的父母祖宗被各种语言反复"问候"了三四天，直到酱紫精心制作的那期视频上线。

这期"后真相时代"的视频剪辑后时长 38 分钟，题目为《艾薇女士的客厅暴力事件》。酱紫先山寨了一把柯南，用烦琐的证据、缜密的逻辑、完美的推理建构出雄辩的故事，成功说服了绝大部分善良的群众，把自己洗得干干净净：她把事发当晚所有相关通话、微信和微博爆料所显示的时间截屏，拼出一条时间轴，证明了在自己离开艾薇工作室之前四十分钟，接到朋友要求保密的电话之前半个小时，将视频卖出前两个小时，已经有人在网上曝出艾薇被家暴的消息了。

接下来是酱紫对邀请的专家的视频采访，专家对爆料微博和照片进行专业技术分析，查证出来所谓爆料照片应该是监控录像截图。又通过各种蛛丝马迹捋清了这一消息最初的传播路径，查出了最初的"源发地"是一个匿名注册的微博，至于这个"风行天下"是谁以及如何获得的监控录像截图，在没有更多线索和证据出现之前，只能作为悬念保留了。

对于自己为什么会在进入室内后偷录视频和卖出录像，酱紫交代的犯罪动机是保护艾薇。酱紫录像的最初动机是作为证据交给警察或者法院，她没有想到艾薇在遭受如此巨大的痛苦之后，竟然会选择隐忍。

酱紫播放了进入室内之后录下视频的部分内容：

受伤的艾薇依着酱紫的胳膊坐着，想是在积攒力气，她抓住酱紫的胳膊，挣扎着站起来，酱紫撑着她，艾薇朝楼梯后面指了一下，"卫生间"。

酱紫扶着艾薇到了卫生间的门口，艾薇进去，关上门，酱紫从磨砂玻璃门上能看到她当即就贴着门滑坐在了地上。酱紫站在卫生间门前，哭得浑身战抖——酱紫当然不会在节目中对观众解释，她之所以哭是因为和艾薇贴近时闻到的气味，告诉她艾薇身下流淌出的液体是什么——关于经三路的惨烈记忆如同被解除封印的蛇怪，从意识的深渊中蹿出来，一下咬住了酱紫的咽喉，她在剧痛中无法呼吸，泪水夺眶而出……

酱紫接下去深情地、有选择地讲述了与艾薇之间长达十四年神奇而深刻的命运交织。那晚，内心无比矛盾天人交战的她决定尊重艾薇的决定，虽然她一点儿都不认同这种决定。

酱紫对着镜头，一脸天真的倔强和凛然的正气——盛世薇光资本方为了自己的利益绑架了艾薇，无视艾薇真实的痛苦和所受的伤害，要她继续维持婚姻幸福的人设假象是卑鄙无耻的。后来家暴事件遭到曝光、艾薇善良的愿望落空了，酱紫面对艾薇被无端猜疑，决定用自己的录像还公众以真相——从艾薇丈夫砸东西吼叫的内容判断，根本没有涉及任何第三者。至于为什么是"卖出"而非"直接公布"，酱紫无比淡定地说，免费的东西很难得到重视和珍惜。更为重要的是，她和艾薇之间特殊的关系，如果由她直接发布视频，那些被阴谋论腐蚀得心肺全黑的人，肯定认为是假的。

"真相是什么？面对漫天飞舞的信息碎片，你所获得的真相，其实就是你的态度和选择。"酱紫用这句话结束了她脱口秀的理性部分，随着背景音乐换成《橄榄树》，酱紫开启了抒情性的下半趴。她选读了艾薇《最美的地方》，画面开始不断叠加艾薇行走在世界各地的照片和各种书影……酱紫提醒所有的薇蜜：你们还记得那个拥有诗与远方的年轻的艾薇吗？

"我在搜集前面的资料时，发现了艾薇曾经和另一位美女作家同框的老照片，你们能辨认出来吗？如今这位麻衣素裙的文艺老阿姨，就是20世纪末那位敢对着记者镜头展示乳房的魔都甜心。她们走过了怎样的心路，有谁知道呢？靠着荷尔蒙的力量与家长、现实以及尚未开放的社会风气搏斗，遍体鳞伤，四面楚歌，作为同盟军的青春撤退了，自己也就投降了，'结束铅华归少作，屏除丝竹入中年'。把妥协、失败、压抑、扭曲打扮成现世安稳红尘修行，叛逆少女华丽转身为人生赢家，暗黑青春埋入记忆，不会再和任何人说起自己内心的各种拧巴——这是不少生于20世纪七十年代的小姑姑，共同的来处与去路。"

满屏的照片蝶飞羽散，镜头转回到摄影棚内，酱紫手里拿着艾薇的那本新书《我愿意》，在钢琴声的陪伴下，读出其中一段：

"婚姻是尘世间最为接近宗教般虔诚与英雄般梦想的事物，丈夫与妻子都是奉献者，也是受享者，是完全交托的信徒，也是完全担承的神祇，由无数当下执子之手的小确幸，累积而成此生与子偕老的大欢喜。"

"这是谎言吗？不，这是催眠的咒语！艾薇不是在欺骗你们，她在给自己施咒——这段话背后透出的隐忍与艰难，早就清清楚楚地告诉了所有人，她的婚姻并不幸福！如果有人和我一样变态，细细看过艾薇此前所有的公众号文章和相关视频，她提供了太多的夫妻相处之道，自己如何做如何做，她说起过自己的丈夫为她做过什么吗？任何具体的实际行动，而不是温暖、踏实这样虚头巴脑的水词儿——从来没有，一次也没有。她为什么不说？也许，她只是不愿意撒谎。

"这就是我能告诉你的'艾薇女士客厅暴力事件'的真相，无趣又残酷！薇蜜们，你们可以选择做艾薇的闺蜜，也可以选择做艾薇人设的消费者。你们发现一直告诉你们要爱自己的艾薇，其实并不真的爱自己，作为闺蜜，你们会觉得心疼，作为消费者，你们会觉得上当。真相，只是你们的选择，你们会怎么选呢？我是酱紫，就酱紫（这样子）。"

视频上线后的当天晚上，酱紫当时还和乌迪待在大兴，刚看完几家正在录制的知名网络综艺节目，回到酒店楼下。乌迪下车站在楼外面抽烟，酱紫不肯先进去，披着羽绒服站在旁边陪她，这时接到了艾薇助理的电话。

酱紫与助理约好了"谈谈"的时间，挂了电话感慨起刚才看过的那几家网络综艺节目的制作团队和投资规模，酱紫由衷地说：

"不要说 '临水照花人'，就是 '羊驼牧场'，今后都很难再有了，新媒体留给小商小贩们的窗口期结束了，只剩下 '权力的游戏'——强大资本与高端资源的冰与火之歌。"

乌迪没应声，狠吸了口烟——"羊驼牧场"虽说拿到了天使轮投资，但却也走上了一条 "长不大就得死"的不归路。

酱紫顿了一下："如果可能，我想把 '后真相时代'卖给盛世薇光。"

乌迪被烟呛了一下，咳嗽起来。

酱紫不为所动地，近乎自语地说："'后真相时代'变现的机会很难遇到——我也等不起。而且，如果可能，我想签约 '创世'。"

乌迪平稳了呼吸，抓住酱紫的肩头，盯着她的脸。不知道为什么，酱紫迎着乌迪的目光，闻到她喷出的混合型香烟的气味，心里怦然一动，脸红耳热起来，躲闪了目光："我有正经话要和你说。"

乌迪点了一下酱紫的鼻尖："说呀！"

酱紫笑着躲闪，夸张地做出娇羞状："待我长发及腰，少年娶我可好？"

乌迪扑哧笑了，拉了拉酱紫肩头滑落的羽绒服。"你若安好，我备胎到老！"她把手里的烟蒂用力摁在熄灭烟头的金属盘子上，"去艾薇那儿长头发吧！不过你得做好心理建设——你相信阶级感情吗？"

　　酱紫不解地看着乌迪。乌迪说："这世界上没有无缘无故的爱，也没有无缘无故的恨。我们之间就是阶级感情——都是从爬虫修炼成人的异类。对于生下来就是人的艾薇来说，你必须让她感到安全，舒服……"

6

酱紫回龙观的分租房里，一周未见，罗鑫依旧在电脑前打英雄联盟，姿势都和她离开时一模一样。酱紫故意拉了一下他的耳机，罗鑫受了干扰，却处乱不惊地控制了自己的动作，毫无失误。

酱紫有些悻悻地把包扔在床上，进卫生间去了。酱紫从卫生间出来，没有再打扰罗鑫，深吸一口气，坐在床上开始整理透明文件夹里要给艾薇看的文件，竟被锋利的纸边划破了手指……

见到艾薇之前，先见到了林晓筱。酱紫站在工作室门外，看到来应门的是林晓筱，略有些意外，愣了一下，还是笑了。林晓筱也笑说："快进来。"

林晓筱除了略显疲惫，有些兴致不高，一切如常，仿佛小姑姑不曾出事，她和酱紫也不曾因误解反目，仿佛过去一周什么也不曾发生……这让酱紫瞬间恍惚，自己一周前接到那个骂她的电话不是林晓筱打的？

酱紫曾经拟想过如何与林晓筱再次重逢：雨过天晴，嫌隙冰释。按照酱紫所熟悉的林晓筱的人设，她应该会把略带羞涩的尴尬化解在眼泪里，把道歉隐藏在甜蜜的嗔怪和近乎撒娇的委屈中……酱紫则会给她一个温暖的拥抱，说一些从乌迪那里学来的情话，让她破涕为笑……

不仅幻想中的琼瑶剧没有上演，林晓筱甚至连一丝一毫心照不宣的致歉致谢的暗示都没有——目光里没有，微笑里没有，她选择性失忆一般，站在那里笑说"快进来"——酱紫的失落坠到底，炸裂，腾地竟然在心头升起了一团愤怒的蘑菇云——她必须克制，克制得浑身战抖……酱紫狠狠地捏了一下裹着创可贴的受伤的食指，疼痛终于让她冷静下来。

一楼装饰得有些过度的客厅，酱紫目睹过一场浩劫：黑檀雕花的茶船被掀翻在地，红酸枝的博古架玉山倾倒，碎了一地的精致中间，倒着身穿宝蓝色毛衫、头发散乱、嘴角淌血的艾薇。墙上原本挂着《玉堂富贵》四扇挂屏，玉兰、海棠、牡丹、金桂的花叶都是各色玉石在乌木底子上拼接镶嵌而成，那扇海棠被砸在地上，木裂石崩，艾薇红肿的脸颊上落了一粒粉色的拼海棠花瓣的芙蓉石碎片，酱紫轻轻用手指捏掉……现在，客厅和林晓筱一样，也看不出一丝一毫历劫的痕迹了，就连替换后的那扇海棠与其他三扇也嵌合得天衣无缝，又是珠联璧合的一墙《玉堂富贵》了。

林晓筱把酱紫带到了二楼，二楼打通了客厅与房间，中间放着一张大会议桌，围着桌子坐着几个陌生的男女，通露台的落地玻璃门前放着一架精美的藤艺摇椅，暗蓝色碎花图案的巨大垫子，上面坐着身穿香槟色丝绒长袍式家居服的艾薇，她看到林晓筱和酱紫两个人过来，微微一笑："姜丽丽吧？在外面碰上，真是认不出来了。你和他们好好谈。"

艾薇说完，起身走进旁边的阳光房里去了，并且随手关上了门，酱紫隔着玻璃门看着她在一排白的紫的开得正盛的蝴蝶兰掩映下，拿起花剪开始修剪一株旁逸斜出的福建茶。林晓筱则把自己扔在旁边的沙发上旁若无人地玩手机。艾薇的助理过来，请酱紫在会议桌前坐下，然后逐一介绍与会的公司人员：首席内容官，人力资源总监，"创世"项目总监，视频部总监，会议由人力资源总监主持——酱紫才意识到，艾薇助理邀请她过来，是参加"创世"视频主播的面试。

酱紫的手还在包里，捏着那份文件夹——她绝不能用这种姿态进入盛世薇光。她脑子里闪过昨天和乌迪的谈话，随即也就调出了应对方案。她调整、酝酿情绪，人力总监慢条斯理地说了几句客套话，请她介绍基本情况，酱紫低着头没有应声。人力总监有些诧异地又说了一遍，酱紫抬起头，已经是满眼泪水。

酱紫站了起来，不看会议桌上的人，看看玻璃门外的艾薇，泪水夺眶而出，她拿起包走到林晓筱跟前，哽咽着说："林晓筱，我以为我们是朋友。"

酱紫一边哭一边冲下楼梯，冲出别墅，在小区里不辨方向地跑——林晓筱追了出来。接下来，酱紫和林晓筱，一个哭着跑一个喊着追，刚才没演的琼瑶剧这会儿演了，戏剧任务略做调整，流泪的换成了酱紫，安抚的换成了林晓筱，过程有些仓促，结局倒是一样。

那天的事儿，后来想想颇有些不可解之处，或许是酱紫自己天天设计"真相"落下病了，巧合这种事，在现实中是存在的，但她认为更大的可能性是，不只她有剧本，人家也有。

不管最后演了谁的剧本，结局反正都是大团圆。酱紫如愿以偿，成为"创世"的签约主播，而她的"后真相时代"接棒"艾薇女士的客厅"，成为盛世薇光2017年的主打脱口秀，这种做梦都梦不到的好事儿，竟也成了现实。事实上，"后真相时代"从产权归属上来说，已经不是酱紫的，而是盛世薇光以一百五十万元人民币收购的无形资产了。

这笔钱，让酱紫按揭买下了顺义一处新楼盘里九十七平方米的房子，乌迪陪她去售楼处签的合同。两人一起出来时酱紫显得很平静，一直沉默着，半天才说："还是得活下去呀。"

最后一期《艾薇女士的客厅》为接下来的《后真相时代》预热，主嘉宾是酱紫，那期的标题就是《想不到你是"酱紫"的酱紫》。酱紫本人猛料放不停——出生两天被亲生父母卖掉，童年被养父母虐待，中学被老师性侵，自己供自己读完大学，"因为爱情"误做"小三儿"被人暴打，写小说却因"没有生活"不被认可，未婚夫的一声"快跑"让北京成为她的悲情城市……但她直面一切苦难、挫折、难堪、丑恶和残酷，努力去选择美好、善良、深情和高贵——这样的信念支撑她去做"后真相时代"，她想告诉所有人，无论在怎样的境况下，人永远都有选择……这期视频的浏览数一周内超过了五千万，弹幕多到看不见酱紫的脸。

"真实"成为酱紫人设的关键词，这是在和策划团队讨论时，所有人，包括酱紫本人，都认可的。不过酱紫很清楚，她得为这样的人设付出相应的代价——这种"真实"是供人消费的，极少有人愿意让这种"真实"进入自己真实的人生。在获悉真相的罗鑫父母眼中，酱紫就从天使变成了妖孽，他们忙不迭地跑到回龙观，把自己那坠入妖怪洞中的儿子，连拖带拉地领回老家去了。酱紫认定自己多半要孤独终老了。

乌迪安慰她："算是设了道初选的门槛吧。也是好事——以后敢追求你的，都是真爱。你的爱情线长出来了吗？"

酱紫举起手给乌迪看："还没有。"

乌迪握着她的手说："会长出来的。"

酱紫笑了，挽起乌迪的胳膊走出售楼处，说起四月北大那场名为"微时代、新资本与媒体责任"的论坛。事前盛世薇光的策划团队和酱紫，始终没有就她主题发言的内容和风格取得共识。公司认为她应该在媒体面前强化人设特征，直率，真实，毒舌吐槽，文艺范儿但要接地气——网红特质是她的本命。酱紫认为去北大耍宝不只是轻薄肤浅，更是愚蠢。首席内容官却认为引起争议成为话题是好事儿，最好也有十几个博士教授联合起来写文章骂你，你就彻底火了，她甚至动用了核威胁——如果酱紫一意孤行，就会被公司认为违约，将支付高额赔偿。

盛世薇光接手后的《后真相时代》，只沿用了酱紫独特的本格推理作为节目延展路径，规模和形式都做了彻底改变。除了当期的主咖，每期还会邀请六位演艺娱乐明星，在节目中被酱紫的推理"逼问"出与传闻相同或者相反的个人经历。第一期的主咖是艾薇，有六位或者遭遇婚变或者被爆导致他人婚变的当红艺人作为同期嘉宾，酱紫在那一期中获得了"幸福掘墓人""真相小姐"等多种爱称。《后真相时代》作为明星当众清洗自家脏床单的秀场，实在是满足人民群众不断增长的八卦需求的良心之作。负负得正，勇于自黑自嘲自曝其短的艺人反而变白变可爱了，不少路人跟着就转粉了。《后真相时代》改版后第一期《艾薇女士离婚事件》全网上线，浏览数直接破亿。2017年3月8号，酱紫被邀请参加了网红大会"女王节"特别节目，从主持人手里接过了"丑闻女王"的水晶王冠，和其他几位花样百出的女王一起昂头拍照——不低头，不流泪，看我戴着王冠笑！

写了多年的鸡汤文，酱紫蓦然发现，原来自己活成了励志鸡汤本人。酱紫比别人更明白，鸡汤有毒。她不愿意在北大放肆，不是担心被博士教授们骂，而是担心靠这种单薄的人设她活不过一季，很快会被观众厌倦、厌恶！

她还是一意孤行了。

酱紫在北大论坛上发言，谦逊柔和，落落大方，白衫黑裙锁骨发，踩着十二厘米的高跟鞋站在发言席上，手握遥控笔娓娓道来。她先颇具"学理感"地厘清概念，梳理源流，然后谈"后真相时代"的文化特征与"后福特主义"社会转型，谈"微时代"带给个人主体性充分成长的可能，也带给个人心灵前所未有的阶层压力和价值观冲击，从社交媒体在信息传播上的杠杆作用，谈到新媒体人必须充分自觉认识到在意识形态建设中不可推卸的社会责任。最后她用《诗经》风雅正变的概念类比推出论点，无论是研究者、投资人还是从业者，都应该秉持"求正容变"的态度，给优质内容和良好的媒体生态以无限的可能。

乌迪后来在网上看到了这段标题为"网红学霸碾压北大博士——震惊了"的视频，她的评价是："俨然活脱儿又一个艾薇，装逼技能满分。"

酱紫告诉乌迪，艾薇好像有什么新计划，不仅不做节目了，也卸任了盛世薇光的总裁，新总裁还带了位总编辑过来，所以首席内容官也换人了。

乌迪从酱紫的脸上读出了什么，追问一句："你也升职了，对吧？"

酱紫挽紧乌迪的胳膊："CCO 助理。"

乌迪念白似的叹了一声："侯门一入深似海，从此萧郎是路人。"

乌迪没有成为路人，酱紫越来越在情感上依赖她了。乌迪既然说她们都是修炼成人的爬虫，酱紫和乌迪就约好端午一起喝雄黄酒，看酒后谁会现原形。没想到一早林晓筱打来电话，说艾薇约她过来吃饭。酱紫心里纠结了一下，还是去了。

端午清晨落了雨，酱紫和艾薇在二楼阳光房里说话，林晓筱一个人躺在屋里玩手机。一身秋香色暗花软缎长裙的艾薇坐在巨大的根艺茶桌前，低头泡茶，身后一株古桩石榴盆景开着红艳艳的花，她依旧如此明艳动人，酱紫想起初见艾薇的情景，眼眶莫名有些热。艾薇说："晓筱病了，我要带她去治病。"

酱紫一惊，扭头看室内的林晓筱，这半年没怎么见，刚才只是觉得林晓筱胖了很多。艾薇递给酱紫一杯茶，说："她已经出现幻听了，是不是精神分裂，还不能确诊。家里接连出事，晓筱的爸爸，年前被双规了，现在还没结果，她妈妈情绪很不好，我这边又这样……她那个老公，还有孩子……本来你是唯一让她感到轻松快乐的人……"

艾薇的声音很轻，口气淡然，且语焉不详，但酱紫迅速理解了全部，一阵咬啮的疼痛开始在胸口蔓延，疼得她暗自无声吸气。

艾薇笑了一下："丽丽，本来这件事我不打算说，但是我有一位很重要的朋友——如果没有她，说不定我早就是晓筱这样子了。她建议我找个合适的机会告诉你真相。我知道，那个'风行天下'

就是你，你自导自演了一场大戏。"

酱紫血液瞬间凝固了，她看着艾薇，甚至都忘记了反驳——除非撒谎，她也没有什么可反驳的。她在艾薇门外留下了偷拍设备，并且在众人到来后及时取回，利用手机匿名注册微博"风行天下"，发出爆料截图照片，并且＠了几个相关的娱乐号，完成了后来她作为自证清白的铁证——这是连乌迪这个同谋都不知道的秘密，现在却被艾薇说了出来。

艾薇捧着只娇黄粑花锦地纹的主人杯，嘴角噙着一点儿笑："小区是有监控录像的，我知道你躲开了摄像头，没有被录上。但躲避本身，足以说明一切了。我那个朋友说，老天假你之手，用一座虚构的城池，庇护了困顿、疲惫、恐惧之中的我，我该向你说一声谢谢。知道'法华七喻'里的'化城喻品'吗？"

酱紫怔怔地点头。

艾薇笑了："你倒真是无书不读——知道风雅正变，还知道法华七喻……"

酱紫小声说："是那天在北大开会，有一位不认识的老师告诉我的，我也不是真的知道……"

艾薇说："既然她说了，我就不多说了。以后经常和晓筱联系吧，多和她说说话。我逼她，她才跟你打电话——她现在已经不愿意和别的人说话了。"

酱紫郑重地答应了一声，默默喝了一口茶，艾薇起身去厨房看饭菜准备得怎样，酱紫一个人，看着雨落在玻璃墙上，留下泪痕一般的印记……她竭力搜寻着记忆里和她说过话的那位老师，越努力那人的脸就越模糊——鲜明的只有那天她们站在校园里一棵老杏树下，风过，有簌簌的花瓣落在那位老师的肩上，她始终不曾伸手拂去……她说，幻化的城，却能提供真实的庇护和憩息，但化城很快会消失，因为你还有前路要走……

酱紫当时听得半懂不懂的，现在她也不知道自己是否真的明白了，只是感觉心底有个地方，原本那里像干涸冻硬了的井底淤泥，从来不曾见过天日，此刻却照见了暖暖的光——玻璃墙上的雨痕还在，依稀有了日影，酱紫走到敞开的玻璃门边，切切地叫了一声："林晓筱。"

后篇

琢光

一叠 司望舒之风园

1

三年前，艾薇第一次来风园。

青灰色水磨石砖墙上开出一道小小的朱漆园门，门额上用金文题着园名。艾薇笑对司望舒："这名字不打自招——念出来，不就是'疯人院'嘛！"

司望舒浅笑着轻拍她一下。那天望舒心灵生活馆开业，近旁都是应邀来贺的嘉宾，人家听见也装没听见，艾薇低头愧悔唐突，有些歉意地挽住司望舒的胳膊晃了晃——她也只在司望舒面前这么口无遮拦。

艾薇与司望舒相识于1990年。

两个来自不同地市的高二女生，分获全省中学生作文竞赛的冠亚军。

那时还叫林爱东的艾薇，拿了亚军，得到冠军的司望舒，竟然是个理科生。艾薇颇有些骄傲的资本，只是教养让她把骄傲转换成了淡然，平时很少对谁真的有些许兴趣，但颁奖那天，前三名站在一起拍照时，司望舒略显心不在焉的神色，把艾薇的淡然变成了假的。颁奖仪式结束，会场乱成一片。各地市的带队老师招呼队员集合去车站返程。艾薇走到司望舒面前，说了声"你好"。正在收拾书包的司望舒抬头，应了声。她的冠军奖品是一大套《泰戈尔作品集》，书包显然塞不进去。艾薇的目光也就落在了那套书上，司望舒说："你喜欢，送给你吧。"

艾薇有些惊讶，司望舒留下那套书，背起书包，走向自己的队伍。艾薇忽然对她生出巨大的兴趣，她跑过去，措辞恳切地向司望舒的带队老师陈情，让她送司望舒回家，获得准许后开心地拥抱带队老师，拉着司望舒奔向停在礼堂门外的轿车。如此娇惯艾薇的并不是身为当地市委书记的父亲，而是离休的祖父。一生戎马的祖父无原则宠溺着这个粉雕玉琢锦心绣口的小孙女，她要天上的星星，他想也不想就去搬梯子。司望舒似乎没问过艾薇任何问题，初识那天三百公里车程的谈话以及随后的通信中，她们说的都是书上和心里的事——更准确地说，是艾薇的心事和司望舒对她心事的理解。

司望舒本科毕业后考上了北京医科大学，硕博连读精神病与精神卫生专业。2003年她毕业时，北京医科大学已经成为北京大学医学部，司望舒成为北京大学第六医院的临床医生。她后来放弃临床，一把年纪重考GRE，去斯坦福大学心理学系文化与情绪实验室又读了个博士学位。她2012年才又回到北京，在中国中医药大学当起了老师。

二十七年来，艾薇与司望舒这对好友，除了读大学时在郑州、最近几年在北京之外，大部分时间分隔两地，联系也不算频繁，但艾薇从未觉得那份亲近少过分毫。她们之间还残留着学生时代文字交流的痕迹——只是变得非常稀少，遇到极特殊的事情，譬如艾薇下决心结婚时，给司望舒写过一封很长的邮件；八年前，艾薇母亲去世，两个人通完电话，司望舒给艾薇写了一封长信……

艾薇偶然想起，会生出一丝困惑——她无论如何算不上性子好，司望舒特立独行，也不是个随圆就方的人，她俩就一件事产生相同甚至类似看法的概率，约等于小行星撞上地球……她曾经问过司望舒，司望舒笑笑说，缘分。

若是别人在艾薇由衷抒情时，还她一句"缘分"的淡话，定会被判定为敷衍，艾薇多半就恼羞成怒了。偏司望舒看着她的眼睛、嘴角噙笑说了，艾薇的心里就掠过一阵空茫的命运感，隐隐还生出了莫名的侥幸与感激来。

艾薇的性子，玉要镶金翠要珠围锦上还得添花，而司望舒简洁朴素到近乎枯寂的地步——住着学校提供的过渡性房子，不虑后不着急，坐地铁吃食堂，一年到头青灰黑白。只是司望舒基因太好，北京这种地方，她就靠着一罐神奇油膏，皮肤四季静好——那就是化妆品添加配方前的基础液，来自业内研究所实验室。即便如此，司望舒却无一丝寒伧之气，一眼望去，没来由让人觉得无比贵重，不敢轻慢，像她贴身带的那块外祖母留下的羊脂比目珮。

无欲无求的司望舒忽然有了个愿望，想要个能接纳病人的地方。艾薇自然理解为私立医院，立刻说："太好啦！你也该挣点儿钱了。我做过一期关于网瘾戒断的节目，采访过几家这样的医院，都说是中西医结合治疗各种精神心理疾病，中国人信这个。我给你找投资，大概什么规模，你给我个概念。"

司望舒摇头："临床医护人员的心上是要生茧的，医院就像人间开向地狱的小口，不知道哪一眼就看见了锥心刺眼的惨象。"

艾薇笑问："你成天读佛经，不该普度众生吗？你不入地狱，谁入地狱？"

司望舒说："你成天胡说！佛经于我，只是有字的书……"

如今还常有人找到司望舒求助，无论在学校还是在家，司望舒问一问情况，根据病情推荐相关医生，她甚至一句治疗建议都不会给。司望舒行事严谨——拥有医生执业资格，在非医疗场所外治疗病人，依然是非法行医；这还是次要的，司望舒说，针对精神心理疾患的治疗，其复杂精密程度超过大型心脑外科手术，面对面聊十几分钟，她不敢给任何建议。

艾薇笑说："也不知道有几个不幸中大幸的病人，碰上你这圣手捏金针——比起拎菜刀、抢板斧的，能碰上个拿正经手术刀的大夫就不错了！"

司望舒说也不全是为别人，目前她的研究需要相关的实例支撑，她希望有个地方能有选择地接收病人。艾薇问她目前在研究什么，司望舒说，讲清楚太复杂——艾薇又不喜欢听黑话。

不听也知道，都是以人心为业的人。只是艾薇在给人心做按摩，让人在酸麻痒痛舒服爽之后，拿出香花金银来供奉；而司望舒是在给人心做解剖，一番辛苦不过得到几页满篇学术黑话的论文。

就连这些论文，落到艾薇手里，都能变成钱。艾薇偶然发现，司望舒对奢侈品牌了解之深入，是她这个资深时尚从业者都望尘莫及的。司望舒说她曾做过奢侈品牌文化建构与病态消费心理诱发机制的专题研究。艾薇逼着她找出论文，找人翻译了，妥妥地做了两期收视颇佳的节目。艾薇说司望舒简直就是个金矿，随便刨刨都能卖钱。司望舒收下了盛世薇光转来的十万元版权费，便再无后话了。

人心，是最能赚钱的路径。就算不办医院——怕看见地狱嘛，心理辅导、生命修养之类的也能做呀，咱给晦暗人间透点儿光，给滚滚红尘散点儿清凉，不也很好嘛！司望舒是中西方学术范式下出来的双料博士，放开了嘚瑟也有谱儿。装神弄鬼招摇撞骗的"身心灵导师"有多少啊。《艾薇女士的客厅》第一季收官那集请的主嘉宾就是刚出了畅销书《生长丰盛》的身心灵导师胡馨月，艾薇还请了权威的心理专家、宗教人士和社会学者，虽然有艾薇这位善于控场的女主人用香茶鸡汤勉强维持着对谈的气氛，那期节目最后还是变成了对胡馨月的"围剿"和"屠杀"。胡馨月的修为也只把"道不同不相为谋"的淡定维持到录像完成，铁青着脸掉头就走，艾薇冷冷地看着工作人员追在后面去取她戴在身上的话筒。艾薇自己也被别人骂贩售"毒鸡汤"，但她理直气壮地认为，可乐和可卡因之间的区别，那可不是五十步笑百步。

司望舒从不和艾薇说什么玄虚灵异的话，虽然艾薇认为她过得跟修行也差不多，就是不知道在修什么。艾薇说，真担心哪天司望舒悟了，悬崖撒手，抛下她出家去了。司望舒就叫她不要胡说。

艾薇胡说过后年余，司望舒有了凤园。艾薇兴高采烈地祝贺她有了私（司）家"道场"。

艾薇没想到，三年后她会在司望舒的道场里，渡劫转世。

2016年底，出差数日的艾薇回到北京北小区那套她用作工作室的别墅——家就在几百米外的相邻小区，艾薇觉得自己约等于回家了。

别墅客厅里坐着不认识的一家三口。那家的母亲笑着和艾薇打招呼，说他们是艾薇丈夫候绍祖哥哥的朋友。家政阿姨告诉艾薇，这家人已经住了几天了，买了不少日用品，一副安营扎寨长久过日子的样子。艾薇忍下了不愉快，给候绍祖打电话，她很想直接说他不该让人住进工作室，可到底还是先问了问这几天候绍祖的饮食起居，候绍祖也问了问她出差的情况以及后几天的日程安排，最后艾薇装模作样缓声问："工作室住的这家人，是怎么回事呀？"

候绍祖说那女孩子毕业后留在北京工作，她父母陪女儿报完到就回去。

"那孩子呢？"艾薇问。

"孩子上她的班呀！"候绍祖答。

候绍祖的语气告诉艾薇，他们之间关于这件事的交流，结束了。艾薇忍耐着："那好——"一句未了，电话的断线音已经响起了。

艾薇握着电话想了想，下楼，温和却直接地和那对父母说了："候绍祖有些事情不清楚，工作室日常要开公司的策划会，住人不合适，不过住他们家倒是可以。两百多平的复式房，候绍祖的书房和他们夫妻的主卧在二楼，一楼两个卧室都空着，孩子以后也可以一直住在那里。"艾薇打电话给司机，让他回来，把女孩和她的父母及新买来的被褥杯盆送到家里去。

一团和气的皮，包着慌乱、尴尬、猜疑以及说不清道不明的情绪和成的馅儿，大家都囫囵咽下了。艾薇送走了一家三口，让家政阿姨找个锁匠，把别墅大门和房门的锁都换了。艾薇洗澡换了衣服下来，阿姨端上白灼的芦笋和一碗清炖的胡萝卜羊肉，把新钥匙放在餐桌上，就下班回家了。

艾薇盯着玻璃碗里近乎无色的清汤，艳色的胡萝卜载浮载沉，她捏起那把银亮的新钥匙，心里越来越不安。候绍祖来的时候，已经是晚上九点多了，她依然坐在餐桌前，一口东西没吃，那块胡萝卜沉到了变冷的汤碗底部。艾薇听到声音，起身去开门，候绍祖手里拿着自己的钥匙，努力朝门锁里插，艾薇皱眉说："我换锁了。"

候绍祖仿佛没听见一样，徒劳地又去试，艾薇丢下他转身往里走，嘴里说："你吃过饭了吗？"

候绍祖没有回答，艾薇扭头，看到一张被愤怒扭曲的脸——那是一种孩子气的愤怒。他呼哧呼哧地喘息着，不知道下一秒是要哭出来还是抓起手边的玩具甩出去。艾薇本能地退到了桌边，那把银亮的钥匙就在她手边，她不知道为什么去抓那把钥匙，但她这个动作引起了候绍祖的注意。这个拥有庞大身躯的五十岁男人朝艾薇扑过来，抢夺那把钥匙——失去理智和逻辑的不只候绍祖，艾薇也不知道自己为什么要跟他夺那把钥匙。撕扯中她一扬手，钥匙当啷一声，不知掉到什么地方去了。候绍祖陷入了一场疯狂的愤怒之中，艾薇在体格上完全没有还手之力，她像一只布娃娃一样被他在地上拖着踢来踢去，听不见他的怒吼……艾薇感觉自己破碎了，孱弱的皮肉包裹不住的血和体液四散流淌……他掀翻了餐桌、茶台、博古架，接着开始砸房间里的一切。艾薇挣扎着摸到了从餐桌掉到地板上的手机，撸快捷键，1是林晓筱的电话——候绍祖扭头看见她在打电话，又扑过来抢手机，艾薇听见林晓筱说立刻过来，就松手任他抢去了……

艾薇躺在地板上，有一种溺水的恐惧感。晓筱住得很远，开车穿城过来只怕要一个小时。艾薇的另一只手机在楼上响，但她无力动弹，所有的声音开始变得遥远……焦灼的门铃声不停在响……也许是幻觉……瓷器破碎声，尖锐清脆，碎片崩到了自己身上，脚步声，贴着地板听来震得心脏要裂开……艾薇勉强自己睁眼，一个女孩子的背影，她半蹲着护在自己身前，仰头和候绍祖对峙……艾薇后来才知道，那个护着她的女孩就是酱紫，住在附近，所以到得最早。

这场事先毫无征兆、事后无法解释的莫名其妙的家暴带给艾薇的伤害远非只有身体，一旦传播出去，贩售婚姻智慧和幸福鸡汤起家的艾薇人设崩塌，盛世薇光将面临一场不大不小的公关危机。

艾薇处理着伤口，想着当晚泄密的最大风险，就是林晓筱的那个闺蜜酱紫。艾薇的助理和公司别的人陆续赶到，架走了候绍祖。艾薇意识稍微清醒时，发现最早到现场的是酱紫，当时心里就咯噔了一下。艾薇知道酱紫经营着一个公众号"后真相时代"，再小也是新媒体同行啊——如今天降猛料到她怀里……

无论如何，再叮嘱一下吧，艾薇催林晓筱打电话，林晓筱正为艾薇不肯去医院噙着泪噘着嘴，艾薇扭头看见助理一脸惶恐地握着手机——十分钟前，注册名为"风行天下"的微博，已经爆出了艾薇被家暴的消息。

艾薇张嘴刚要说话，扯动受伤的嘴角，血淌下来，她自己迅速拿纱布摁住裂开的伤口，含混不清地说："通知开会……"

讨论危机公关方案的视频会议进行了一个多小时，艾薇接连否决了三个蠢不可及的方案——用谎言遮掩谎言，连希拉里都做不到——你以为自己高明周密，十之八九只会变得更狼狈更难堪……

"如果不知道该怎么做，那就什么也不做——事缓则圆！"

艾薇望着从天而降的司望舒，扭头瞪林晓筱，司望舒过来抓起她的手腕，说："你不要怪晓筱，你现在心跳很快，体温也不正常……这种应激状态持续，即使外伤不严重，你也会出大问题。"

司望舒带来的那两个身穿蓝衫的女孩子，把艾薇"劫"上了一辆改装了医护设备的奔驰威霆。人是被焦灼和疼痛包裹的火山，可艾薇觉得自己的头脑依然如山顶堰塞湖里的水，清澈冷静，无数念头鱼跃其中……量血压时，她还抢着给助理发了条语音：公关方案必须由她亲自批准，任何人都不准擅自表态。

直到被推进风园酒店的房间，输液的针头刺进静脉，艾薇还觉得有事情没有交代完，司望舒握着艾薇的右手，艾薇几次睁眼要说话，她就轻轻嘘一声……终于，艾薇被药物包裹进了云一样清凉柔软的睡眠里，没有梦，没有疼痛，有乐声远远被风吹过来……

2

艾薇再次睁开眼睛的时候，司望舒还坐在床边椅子上，只是屋里的灯光换成了日光，薄薄的纱帘挡着，并不刺眼，乐声在她睁眼的瞬间消失了，她含混地问："你们一直在放维瓦尔第吗？"

司望舒笑了："你再躺一会儿。"

闭上眼睛，疼痛在安静中浮上来，艾薇的意识真正清晰起来，她忽地坐了起来："几点了？我手机呢？"

司望舒默默将床头柜的手机递给艾薇，艾薇打开蹙眉刷看消息，看不到一分钟，将手机丢向床脚，颓然倒在枕上。"那个酱紫，进屋后偷拍了视频……"艾薇又忽地坐起来，"晓筱会气疯的！"

她挣扎着抓到手机，打给林晓筱："……不哭了，晓筱不哭。小姑姑理解，你们十四年的闺蜜……听小姑姑的话，不要再和酱紫发生任何冲突。对，这才是聪明孩子，不制造更多的话题——望舒姑姑在旁边呢……乖，不哭了啊……"

艾薇挂了电话，习惯性抿嘴，扯痛了嘴角，抬头碰到司望舒心疼的目光，她揽住站在床边的司望舒，把脸贴在她怀里，司望舒的手轻轻地摩挲着她的背。艾薇脑子里灵光一闪，突然推开司望舒："我知道怎么办了！"

司望舒又气又笑地看着她:"你呀——"

艾薇摆拍了一张正在输液的照片,发上微博,一个字也没说。她用微信下达指示:三天内不做任何回应。三天后,盛世薇光董事会因接到艾薇的辞呈而发文向艾薇个人道歉、挽留,道歉文案草稿做完发她,由艾薇亲自定稿。艾薇的人设就此转换成被同行妒忌伤害、被资本胁迫作伪、被不幸婚姻长久折磨、多愁善感软弱无用的文艺女青年。艾薇带着丝得意问道:"这个谎还算圆吧?"

司望舒点头:"很圆——我都不觉得你是在撒谎。"

三天后的清晨,艾薇坐在自助餐厅落地玻璃窗前,对着餐桌上的手提电脑,发稿前再审一遍文案。她端起手边的咖啡喝了一口,立刻皱着眉头放下了,司望舒的声音耳边响起:"难喝?"

艾薇抬头:"咖啡豆像受潮了,酸……"这时她的电话响了,助理急火火提醒她赶快看酱紫凌晨推出的"后真相时代"特别节目《艾薇女士客厅暴力事件》。艾薇立刻在电脑上搜出视频拉司望舒一起看。看着看着,那杯没喝进嘴里的咖啡,直接倒进了艾薇心里。

司望舒倒看笑了:"这丫头编的故事,逻辑、人设和你的方案一样,立场和角度比你的还好——你该谢谢她。"

艾薇盯着屏幕上的酱紫,不说话。

一种无力感从骨头缝里往外渗——司望舒的话不错。艾薇就是用脚后跟思考,也不会相信酱紫偷拍是为她留作司法证据,更不会相信她公布偷录视频是在消息泄露后还艾薇以清白——证明并不存在网上所谓"捉奸引发暴力事件"，但这不重要。优秀的危机公关方案不是为了澄清事实，其实也没谁真正关心事实，而是把公众的注意力和情绪引到有利于自己的方向，更高明些的还能化危为机，引发公众的同情、肯定等正面情感。酱紫做到了。用本格推理严密铺展事件过程，极度抒情的说理分析，尤其是她含泪对几百万"薇蜜"的锥心一问：面对艾薇的"真实与谎言"，只有人设的消费者，才会觉得上当欺骗；真正的闺蜜，只会心疼她的不得已——你们是谁？

"真像你呀！"司望舒感慨道。

艾薇费力地嗽了一下喉咙，哑声说："比我厉害。"

司望舒笑说："也是。制造幻觉且沉溺幻觉的能力，比你还强大——你努力把虚构说成真实，而她，把真实的自己，活成了虚构本身。"

"不就是撒谎撒得自己都信了——说得那么文艺？！"艾薇白了司望舒一眼。司望舒推她，她闷着不说话，假装被司望舒惹到了，遮掩着酱紫带给她的巨大挫败感。酱紫跟着林晓筱第一次出现在艾薇面前，是艰难困苦中无比上进的孤女姜丽丽，十七岁女孩子的眼睛，底里如此幽深晦暗，两簇难以描述的、火苗似的光闪闪烁烁，仿佛有什么东西在她脑子里燃烧……十四年后，面对镜头，那光还在，更加灼灼逼人……戈壁荒漠一样的生存境况，老天给了一场雨，她就开出了惊艳世人的花……想想自己的晓筱，艾薇的挫败，竟是双重的了。

落地窗外，浓重的雾霾从天上垂进了庭院，远远看去，青灰色砖墙间的红色园门都晦暗起来。不知道的人会以为那道小门通往的是酒店建筑内部，进去才知道别有天地。心里的酸苦泛上来，喉头、唇舌都被那味道蜇得微微发麻，艾薇取了片西瓜放进嘴里，反季节水果，没什么味道，只稍稍缓和了那份难过。

"好了，别假装生气了。穿上大衣，咱们去园子里走走。"司望舒笑说。

艾薇也就开业那天来过一次风园。来之前，听司望舒在电话里约略说，是一处附有高档酒店的室内园林，艾薇想多半是缩小版中国风的"威尼斯人"。那天艾薇跟着司望舒从小小的园门进去，看到插天的石头假山，植被葱郁，水流潺潺，山中有狭道容人通过，忍不住低声笑："这儿缺一石碑，上书'曲径通幽处'。"

艾薇嘲笑"开门见山"的俗套设计，司望舒只是笑笑，没有回应。从两边夹持的山中狭道出来，艾薇呆住了。眼前的园子与她设想的亭台楼榭游廊拱桥的园林迥然不同，两岸莽莽苍苍的芦苇，一道白水缓缓流淌，几只木船湾在岸边。众人上船，沿河而下，沿途有两处河汊，三水分流，船不曾转弯，顺水直下，两岸或是乔木森森藤萝累累，或是平原开阔阡陌纵横，拂面的风带着初夏的温热和氤氲的植物气息，进入成熟期的小麦在田里微微摇曳，间或能看到藏在林木之间的建筑一角。随行的工作人员介绍说那些建筑是习修室，共十五座。

艾薇暗忖自己也算见过些世面，却还是颇为意外。她抬头，晴天丽日，几丝流云——她知道天顶是屏幕，看到的"天"是影像，只是这影像太真了，就连那投下的光线都如真的初夏阳光，有些刺眼，温度也是一样的真实。艾薇有了些汗意，前面那条船上有位女嘉宾可能忘了是在室内，从包里拿出伞来撑开。满耳鸟声啁啾，水边的金线菖蒲长出了肉色的花穗，艾薇忍不住伸手去采，惊起了藏在叶底的一只拳头大小的蟾蜍，扑通一声跳进水里游走了。艾薇也被它惊得收回了手，手上沾的菖蒲香气，缭绕了一日。

湾船的码头后面是一片竹林，森森碧绿中掩映一座小楼，颜色从淡黄到浅金渐变，越往上外装的颜色材质就越轻薄透明。艾薇低头看台阶和一楼延伸出的平台，色如玉琼，遍布鳞、羽两种图案连缀的暗纹，楼顶则是略加变形的金色飞檐，翎毛一般迎着光，盈盈欲飞。艾薇站在台阶上，仰头看门额上"如琢如磨"四个字，心下更是确定，问了司望舒，策划人果然是受了《十五国风地理之图》的启发，艾薇好奇是何方高人。

司望舒伸手，拉着艾薇上了台阶："你的故人——左后卫。"

艾薇一愣："影视集团那位诗人？"

左后卫不仅写诗，还画油画，搞摄影。艾薇当时在省报编副刊，发过他的作品，记忆中那个 20 世纪 90 年代末还留着 80 年代先锋长发的左后卫依然是诗人。司望舒是经由艾薇认识的左后卫，艾薇跟着她往里走，低头想着，笑了："快二十年了，你们一直还有联系……"

司望舒那天似乎没有回应，艾薇随即也就丢开不提了。

今日进风园，自然是满目冬景。穿过山间夹道，大片芦苇在寒风中萧萧瑟瑟起起伏伏，残存的芦花已然是灰色，被天幕晴空投下的日光，镶了道亮银的边。

这几天司望舒没问过她一句"家暴"始末，艾薇忽然想起来，觉得不交代一下似乎有些奇怪，她搜罗着措辞："你说过，候绍祖早晚会失控……"

司望舒毫不客气地打断她："算了，别难为自己了。"

艾薇："为什么不跟我谈这件事？你是专家，我这也算心理创伤……"

司望舒说："你创伤的是软组织——至于心理，更像是场肿瘤摘除手术。没有必要翻着刀口分析肌理。不要跟任何人谈，也不跟自己谈，切下来的都是医疗垃圾，碰都不碰，让别人处理，把自己养好。你都记不清是怎么回事了吧？"

艾薇蹙眉。"好像先是抢钥匙，后来又抢我手机……"她呆呆地看着司望舒，无比真诚地问，"哎，你说我是不是不太正常？"

司望舒哧地笑了："别想了，你的心，启动了短路保护。"

艾薇笑着，忽然闻到一丝清冽的香气，抬头四顾。司望舒引着她从河岸迤逦走上一道高坡，翻过去，坡下低凹处，十几株梅花，累累地满枝缀着紧紧的花苞，只有矮矮的一株宫粉开了。

艾薇回头看司望舒："终南何有，有条有梅——还有钱！"艾薇深吸一口梅花香气，心下估算着运营成本，于是问这里的收益如何。

司望舒微微一笑："这个账算起来有些复杂——单看风园，一年赔两三千万，酒店是赚钱的，生活馆略有盈余——真是煞风景，对着梅花呐！"

艾薇也就看风景了。

梅林对面的建筑是联在一起几个大小不一的立方形，主体是青砖，嵌入了巨大原木，墙很大面积是透明的，仿佛把一座旧式的砖木房屋切开摊给人看似的。艾薇透过透明的墙体，看到二层的一个房间里，四五个穿白绸裤褂的人跟着一个穿蓝衫的年轻女子在练一种姿势古怪的功，司望舒告诉她说那就是五禽戏。

艾薇看得有趣。天色突然暗了，仰头，天幕飘来一片片乌云，越来越浓，云色从灰暗里生出了红色，风反倒小了。很快，簌簌的雪籽落下来，艾薇伸手去接，雪籽触手化了，渐渐"撒盐"成了"飘絮"，越下越大。突如其来的一场大雪，引得房内练五禽戏的人都停下了，站在落地玻璃窗前看雪。艾薇回头看司望舒，她似乎有些不安地望着远处。

越下越紧的雪中，出现一个魁伟的人影，大步走着，敞着的风衣衣摆和长到衣摆的红色围巾在身侧飘举，他远远就冲艾薇伸开双臂，艾薇愣了一下，那人到了跟前，一下把艾薇拥入了怀里。艾薇随即就感到自己的双脚离开了地面，他抱着她旋转一圈，艾薇的裙式大衣转成了雀尾，旋开旋闭。

"左老师，这场'风雪故人来'的戏码，费用单算，我可不替你买单。"司望舒淡淡的口吻里，有着不悦的底色。

左后卫笑答："放心，主席买单。一会儿他带领导来踏雪寻梅，中午在敞轩吃饭。昨天我们去市委做了二期策划案汇报，领导没有当场表态，说今天来看看一期的情况……"

司望舒这时接到了董事局秘书的电话，她去忙了。左后卫引着艾薇往园子深处走，走累了，两人站在岗上，隔水能看到"淇澳"的竹林，一时两个人都没了话，左后卫拍拍身侧高大繁茂的松树，松枝上薄薄的积雪簌簌落了他一身："这种乔松，据说能长到七十米……"

艾薇被"乔松"一词引得特意看了看那树，又看了看左后卫，哧哧笑了。

离开风园时，艾薇已把身上的淤青看作转世带来的胎记……幻术带来的大雪，雪夜乔松后的茅屋，兽皮地毯上的意外春光——旖旎，如梦，权做碗孟婆汤……

3

艾薇从风园回来，先去见了徐老师。

徐老师，不是老师，是微格基金的总裁。这个一脸憨厚笑容的小老头儿，是业内屡创风投神话的传奇人物。最早投盛世薇光的天使，就是徐老师，某种意义上，他也是艾薇的老师。去年APP"创世"上线，生是用钱砸出来一个"死亡黑洞"——艾薇觉得做错了，而徐老师却说，不是做错，只是没做好。

徐老师呵呵笑着安慰艾薇，"危机公关"不算事儿，盛世薇光生死存亡的关键在高管团队，留给艾薇除旧布新涅槃重生的时间顶多半年而已。艾薇无奈地对徐老师说，她只能等着一位身披金甲圣衣、脚踩七彩祥云的盖世英雄来拯救了。

徐老师说陆离愿意来。艾薇惊喜之余有些不解——陆离这样的业内大神，为什么愿意屈就来盛世薇光？盘子本就不大，此刻生死未卜，还只是做职业经理人？徐老师笑着说："他会说的，会说的……"

陆离说了，个人原因，跟没说一样。艾薇对陆离本人了解有限，但她信任徐老师。陆离来的当天，艾薇就把公司丢给了人还没认全的他，带着林晓筱，奔袭六百多公里，去见生死未卜的父亲——做银行行长的大哥，林晓筱的爸爸被带走调查，一辈子官声、人缘极好的老父亲听到大儿子的事当时就心梗倒下了。

艾薇坐在医院走廊的椅子上，怀里趴着带着泪痕睡去的林晓筱。手机闪啊闪地提示艾薇有未读信息，艾薇不想再看了，全是公司几位创业元老对陆离的不满……离开了一周，北京和盛世薇光变得遥远且不大真实，ICU 里的父亲，怀里的林晓筱，才是真的。艾薇的手指拂过林晓筱额头柔细的碎发，如今三十二岁、已有一儿一女的林晓筱，在亲爱的小姑姑怀里，还是个孩子……而酱紫……艾薇眼前浮现出酱紫签约盛世薇光时的情景——举止带着几分表示恭敬的怯意，但签下那份协议时笔触流畅决绝，她抬眼看艾薇，眼里闪动的竟有泪光，艾薇不知道那眼泪真正的意涵：逆袭者的骄傲，还是百感交集的激动？

收揽酱紫进入盛世薇光，艾薇这点儿判断力和心胸还是有的。但陆离要用酱紫的《后真相时代》接档《艾薇女士的客厅》作为年初公司主推的原创节目，艾薇还是感到了一种莫名的刺痛。艾薇没有表态，至少此刻，她还可以不表态……

回到北京后，艾薇依然没有表态，但采纳了陆离的建议：补录一期《艾薇女士的客厅》特别节目，请酱紫做嘉宾。本季收官那期已经按时播出，但那是出事之前录的，艾薇总要有一次公开露面，顺带也给酱紫的新节目暖一暖场。

看台本时，艾薇惊到了——出生两天被卖掉，童年被养父母虐待，十五岁被中学老师性侵，自己供自己读完大学，初恋"被小三儿"遭正房暴打……倒实在不辜负这期节目的题目——《想不到你是"酱紫"的酱紫》。

"有必要这么拼吗？"艾薇在会上问酱紫。

酱紫略显愕然地看着艾薇。"我没有……拼……就是，这样……"她见艾薇沉吟，忙说，"艾薇老师，您要是觉得不合适，我可以改……"

艾薇笑了笑。"你倒不必改，"她扭脸对着与会的编导团队，"你们这是准备把我塑造成某主持人啊——有人罹难，还把话筒举过去问人家亲属心情如何，酱紫十四年没回过家，我得多蠢才会问她想不想爸爸妈妈？！"

艾薇起初只是有些不悦，语带嘲讽，没人敢接话，会议室里一片安静，她心里腾地升起了怒火，摔了台本起身走了。回到办公室，艾薇对自己的失态，有些懊悔也有些惊讶——真正惹恼她的是什么？她心烦意乱地给司望舒打电话。

司望舒听完笑了。大概也只有艾薇不看表情能从鼻息的变化听出她无声的笑。"你太在意了，都忘了自己的看家本事——她讲故事，你上价值啊！"

艾薇叹了口气，说："酱紫的故事五毒俱全，想熬出鸡汤来，难！"

司望舒宽慰她："难，更显出你熬汤的本事嘛！"

艾薇亲自带队重新整理台本。酱紫务实，艾薇务虚，酱紫的"实"火辣劲爆，伦理梗色情梗暴力梗满铺，但口吻佻达，自黑成碳，偶尔沉重一下，随即用自嘲来解构；艾薇的"虚"一不小心就会显得"假"和"傻"，所以艾薇不碰她的"实"，保持距离，不惊讶不喟叹，酱紫讲到某片叶子，艾薇就指给人看古今中外长满类似叶子的森林。艾薇几次大胆让话头落地——酱紫的故事太过沉重时，艾薇就不说话，默默等着她情绪转换过来。一个勇敢坦诚不抱怨，一个朗风霁月不煽情，两人眼中什么事儿都不是事儿。但酱紫是说经历，显得她天性豁达年轻无畏；而艾薇是谈见识，那就是眼界开阔胸襟包容了。

"殿堂级鸡汤婆"的名头也不是白来的，艾薇不仅熬出了鸡汤，还是香而不腻非常应景的清汤——世相纷繁，人心幽微，很多时候，我们以为自己得到的是真相，其实只是得到我们的选择——你可以选择丑陋，残酷，不堪，卑微……也可以选择美好，善良，深情，高贵……酱紫，命运给了她太多的挫折与不幸，但她，无论在何种情境下，始终都做出了朝向光亮的选择……

艾薇控制自己的鼻息——给泪腺施压，恰到好处的盈盈泪光泛了出来，镜头推进，给特写，一颗泪珠刚刚溢出眼眶……音乐起，她牵起酱紫的手，走到"客厅"中间："这是酱紫，就这样子。"

虽然第二天有公众号文章以"绿茶心机婊与殿堂级鸡汤婆令人作呕的表演"为题开骂，但这期节目浏览量破千万，也足以让公司

晓筱，我们走吧，还得去三叔家呢。"

林晓筱带着两个孩子下来了，在苗圃里挖土正挖在兴头儿上的女儿不情不愿地在林晓筱怀里挣扎着，林晓筱把孩子塞给丈夫："你不是说吃完饭再去吗？"

金天说："说的是去三叔家吃饭！"

艾薇有一瞬间认为刚才是自己出现了幻觉——林晓筱看起来如此平静、正常。她蹲下给儿子穿好鸭绒服，走到艾薇面前："小姑姑，过两天我再来陪你。他们家过年事儿多，他又特别神经质……"

艾薇哽在喉头的话，只能咽下去了。目送他们一家四口离开，艾薇扭脸看到家政阿姨瘪着嘴站在厨房门口："做了这么多菜。"

艾薇说："咱们自己吃。"

事实上她什么也没吃，都让阿姨打包带回家去了。艾薇拿起电话打给司望舒，电话无人接听。算算时间，坎昆是凌晨一点多。司望舒去墨西哥度假了——每年一次的旅行，是司望舒唯一让艾薇觉得她暂时不会出家的证明。艾薇犹豫着要不要再打。这点儿犹豫，让她忽然意识到，那丝生分竟然还在……

风园第四天的早餐，艾薇破例给咖啡加了糖，味道依然不好，伤口结痂的嘴角却有了丝笑，司望舒照例过来餐厅看她，坐下说："左后卫，一早走了。"

艾薇不介意左后卫的不告而别，春梦，就该无痕，她嘴角的笑延展开，看了眼司望舒，才发现她脸色略有些沉。气氛瞬间尴尬了。艾薇能想到的可能性无非是狗血情节剧，她低头自嘲地笑笑，扭头望向窗外："给你讲个晓筱和酱紫的故事吧——体育系一个男生先和酱紫好了，后来丢开酱紫去追晓筱……"

司望舒打断了她："艾薇，你我之间还需要话术吗？"

艾薇心下的尴尬更重了，加了几分羞恼，她就一直扭头看着窗外。

司望舒叹了口气："算了，反正你也不知道怎么疼爱自己。扭过来吧——脖子不疼吗？"

艾薇回头，发现桌上多了一套比利时咖啡壶，服务员点上酒精灯离开，司望舒说："我从酒店 A 区咖啡厅特意给你要来的，这世上能愉悦你的东西也不多，又能娇惯你几次呢？"

艾薇呼吸着咖啡暖暖的香气，抿嘴笑了。

这是她们俩之间第一次生嫌隙——好像是说开了，又好像是摁下了……

艾薇忖着那丝生分，犹豫了一两分钟，司望舒把电话打了过来。隔着半个地球，墨西哥的鼓声、琴声和人声传进了艾薇的耳朵里，她忽然有些说不出自己的艰难、焦灼与恐惧了。司望舒的声音渐渐清晰起来——她从酒吧走到了海滩上，切切地叫着艾薇的名字……

4

艾薇听到楼下家政阿姨开门，知道是司望舒，她从机场直接来的。

艾薇一个人呆呆地坐着。等司望舒上来，问她，晓筱呢？艾薇木然答道，林晓筱不愿意跟司望舒聊——她自己看过医生也在吃药，她有两个孩子要管，她情绪没问题，精神更没有问题，心理医生的辅导跟她妈唠叨的内容差不多——不用麻烦望舒姑姑再来跟她讲人生道理，她什么都懂……说完，丢下艾薇，冲出门去。

司望舒面色凝重。泪水从下巴上滴下来，受惊的艾薇才意识到自己已经满脸是泪，她匆忙起身，从茶几上抽了几张面巾纸，捂着自己的脸，靠着花房的玻璃门，努力将哭声吞咽下去，一哽一噎的……司望舒轻拍她的后背："哭吧。"

艾薇扶着门框，放声大哭。

不管在文字里还是镜头前，艾薇的眼泪招之即来，但她在生活中极少失控地流泪。上一次这样哭，是八年前母亲去世……哭到最后，佝偻着腰不停干呕，司望舒拉起她的手，掐着她的合谷穴，轻声说："慢慢呼——吸……"

司望舒牵着艾薇的手，坐到那张美人榻上。艾薇的呼吸慢慢平顺起来："我一直以为晓筱就算不努力，不成功，至少生活得还算轻松，没想到，她这么……"

司望舒说："既然晓筱不肯配合，我就来配合她吧。"

每周四上午司望舒在中医药大学上课，她说下课后就去林晓筱上班的出版社找她。司望舒握着艾薇的手："相信我的专业能力。"

司望舒的手是暖的，目光却透着理性的清凉。也许有人天生就该是精神科医生，艾薇的焦灼失措被镇住了。

接下来的几个月，艾薇一面协同律师打离婚战争——家庭财产不是重点，但作为盛世薇光最大的自然人股东，艾薇股份的分割将给公司带来莫测的风险，出于对投资人负责，艾薇只能寸步不让；一面应对监管部门对视频网站和直播平台越来越频繁和严格的检查审核——"创世"是没有播出资质先上的车，必须马上补票。以股份置换的形式并购具有播出资质的"左鱼"，是陆离提出的方案。公司"元老团"听到消息后围着艾薇苦谏：播出资质买就好啦！明码标价。陆离在"左鱼"名义上没有股份，但谁都知道，"左鱼"的董事长余菲菲是陆离的情人，并购无异于合伙打劫——艾薇，你是不是真傻呀？！

艾薇看着自私狭隘到不顾公司死活的伙伴，觉得无话可说。此时司望舒打来电话，三周没见到林晓筱了，此前她们每周都在出版社楼下的咖啡厅见。

林晓筱前两周接电话说感冒了没上班，今天连电话都不接了。

司望舒找到她的办公室，出版社的人说林晓筱老公来给林晓筱请了一个月的病假，做个小手术。艾薇听后，那股焦灼的火焰腾地又烧了上来，她挂了电话对元老们说："下周董事会讨论并购方案，会上说吧。"

艾薇直接杀到了林晓筱家，保姆来应门，林晓筱窝在沙发上举着手机在玩"连连看"，看见艾薇懵瞪着坐起来："小姑姑……"

艾薇下意识用手摁在了胸口，好像不摁住那颗心就会破体而出。她走到林晓筱身边坐下，握住林晓筱的手："晓筱，跟小姑姑走，好吗？你病了，你得去望舒姑姑那里，那里很好，你不要怕……"

艾薇前所未有的慌乱、软弱、无能为力，她央求地望着林晓筱，找不出什么既不刺激她又能说动她的话，只能这么可怜巴巴地望着她——林晓筱低下了头，执拗地不动，也不说话。

门开了，金天抱着女儿牵着儿子说笑着进来，他看见艾薇愣了一下，还是打了招呼："小姑姑来了。"

爸爸一松手，男孩就在玄关处踢掉了鞋，跑向沙发上的林晓筱，举着从幼儿园得来的星星："妈妈，看——我是 superstar！"

林晓筱搂住儿子，儿子在妈妈的怀里有些不舒服，挣着："妈妈，太紧了。"

艾薇和金天脸对着脸。明知是徒劳，她还是得和这个手握晓筱命运的男人谈谈——司望舒的判断，晓筱幻听和迫害妄想都有，可能是抑郁症，但也不能排除精神分裂。谈话自然无效且双方不快。

艾薇沉着脸坐上车，大嫂打来了电话。金天正告岳母，希望小姑姑以后不要对林晓筱施加负面影响，危言耸听，干扰他的家庭生活。

大嫂连哭带埋怨："你是女强人，你过的那种日子不是谁都能过的。我们就想平平安安过日子，你以为平平安安过日子容易吗？多难啊！多难啊！晓筱的爸爸现在这样，她除了老公孩子还能指望什么？！你把自己的人生过成了'片儿孙'，你有本事，我们晓筱没你的本事——你离晓筱远点儿行吗？要是咱妈还活着，还有人能管你，我管不了你，我求求你……"

艾薇在嫂子未尽的哭声中挂了电话。晓筱从小崇拜小姑姑有样学样，让这位林家大嫂十几年来提心吊胆看着防着拦着把着，生怕一错眼自己的女儿就会跟着艾薇把人生过成"片儿孙"……"片儿孙"——艾薇咂摸着这个豫东方言词汇，它不只描述了破碎，还有难言的不堪，污浊，晦暗，卑微……沉到底，就是泥淖一般、不见光明的深渊所在……

艾薇心底嘭地炸出一团火焰。

艾薇去见了徐老师，一周后召开临时股东大会，"左鱼"并购方案通过，艾薇只担任董事长，陆离继任 CEO，高管团队除首席财务官留任，其余全体解职，公司架构调整后由陆离重新任命，报董事会通过。陆离履新的会，气氛肃杀，艾薇象征性地和陆离握手，跟大家说了几句"不忘初心、方得始终"之类的场面话，就离开了公司。

艾薇带着一身兵气再次杀向林晓筱和金天的家。

她在路上打林晓筱的电话，接电话的却是金天。

林晓筱住进了北大六院，确诊为精神分裂。出事那天她差点儿伤了孩子，闹得派出所都来人了。金天向艾薇道歉，说应该早听小姑姑的话，不过现在晓筱的状况已经稳定了，请小姑姑不必担心。

金天语调平和得体，措辞也很有分寸，没有夸张晓筱发病时的情形。艾薇却感受到了溢于言表的傲慢——他没有必要给她解释什么。只是艾薇此刻没心思理会这个男人，她需要立刻见到林晓筱。幸好是周四，司望舒在学校上课，艾薇给她打电话，司望舒下课后午饭都没吃，直奔北大六院，艾薇早就等在那里了。司望舒很快找到了人，领着她俩去了林晓筱的病房。

司望舒和林晓筱的主治大夫在病房外轻声交谈，用药后的林晓筱像一只乖顺的小兔子一样缩在病床上，手指窸窸窣窣地抠着床单，看见艾薇第一件事就是要手机。艾薇佯作平和地从包里拿出另一只手机递给她，林晓筱拿过来熟门熟路地在应用商店里找游戏，下载登录开始玩。艾薇强忍难过，转身出了病房。

艾薇要带林晓筱走。主治大夫看看司望舒，笑着说："有司老师在，当然没问题。办一下手续就行。司老师知道规定，谁送谁接——艾薇老师您比我们懂，免责文化嘛——出事儿太多，我也怕！"

大夫笑着请她们去办公室坐，护崽母狼般焦灼的艾薇一把抓住了司望舒的胳膊，司望舒安慰地拍拍她的手，对大夫说，还是先给家属打电话吧。

过了一会儿，大夫和司望舒一起回来了。

艾薇一看司望舒表情，劈头就问："他不同意？"

司望舒笑笑："他希望晓筱能够得到正规的治疗——也是为晓筱好。"

艾薇："不行！晓筱一分钟一秒钟都不能在这儿待下去……"

司望舒抓住艾薇的胳膊："你冷静点儿！别放纵你那过分文艺的想象力。这是国家三级甲等专科医院，不是维多利亚时代的疯人院——我会常过来，你放心。你去和晓筱的丈夫好好谈谈吧。"

艾薇看看一边满脸堆笑的主治大夫，深吸了一口气，没再说什么。司望舒和大夫客气道别，艾薇跟着往外走，脑子里风暴盘旋，一位护士小姐拿着她的手机追出来，艾薇站下，说："给晓筱留下吧。"

司望舒在旁边伸手接过来，说："谢谢。"

护士小姐从身后拿出本艾薇的书，吐了一下舌头，说："艾薇老师，您能给我签个名吗？"

艾薇叹了口气，问了护士的名字，写了句祝福的话，递回去，说了句："拜托了。"

回去的路上，司望舒反复叮嘱艾薇不要急躁冲动，都是为晓筱好，应该能谈通。艾薇只是应着。她根本没去谈，而是找了圈内信任多年的一位段位很高的"狗仔"，拜托了件事情。数周后，艾薇把几十张照片发给了金天——林晓筱结婚五年生了两个孩子，金天这位新锐导演五年虽然只拍出了一部短片，但他有情人是大概率事件。艾薇只是通知他，第二天上午九点去给林晓筱办转院手续。

金天准时来了，签完字要走人，艾薇叫住他，让他签了一份给艾薇的委托授权书，然后让女助理跟他回家收拾林晓筱的东西，复印一些需要的证件。金天戴上墨镜，嘴角挑着丝嘲讽的笑："没问题，您派人去把我家抄了都行。"

5

艾薇以为把林晓筱抢过来交给司望舒，自己会放心。

望舒心灵生活馆手续严格、烦琐，总台的小姑娘笑容甜美，效率极高，迅速完成信息登记、表格打印，审核、复印金天的授权书和所有相关人的证件，艾薇在一堆表格上签字签得头晕眼花的时候，两个清秀纤瘦的蓝衫女孩子过来陪着林晓筱。晓筱还是低头玩游戏，不愿意和人说话。

总台的小姑娘拿出印刷精美的浅蓝色档案袋，将那一堆表格附上监护人授权书、林晓筱、艾薇和金天的身份证复印件和结婚证复印件装进去，然后抬头，笑对艾薇说预付款最低是十万，刷卡支票都可以。艾薇对这里的费用有心理准备，但还是愣了一下，摇头笑笑，从包里拿出信用卡递过去。跟着信用卡一起递回来的，是另一个档案袋，里面装有各种回执、探视门卡、锦面封皮细绢折页的心灵生活馆介绍，后面还印有机构和从业人员的相关资质证书，收费标准。

望舒心灵生活馆申领了普通精神专科医院的全部证照，食宿费用是五星级酒店的水准……艾薇粗粗扫了一眼，就扣上了档案袋。两个陪着林晓筱的女孩子过来跟艾薇说话，自我介绍她们一个也姓林，另一个姓夏，是林晓筱的陪修，她们给了艾薇自己的手机号码，工作微信——艾薇可以随时来探视，也可以联系她们，她们会每天给艾薇发送林晓筱的情况，图片视频都有。

细致周到至此，小林和小夏带着林晓筱去房间的时候，艾薇心里仍是空空地疼了一下——她知道自己是糊涂心思，把晓筱一直搂在怀里，就对她好吗？

艾薇跟心里的那点儿难受斗争着，被人引去了司望舒在酒店C区五楼的办公室。带路的工作人员喋喋不休地介绍：A区对外营业，主要承接高端会议和婚宴；B区给旁边的高尔夫球场做配套；C区为风园的心灵生活馆做配套——房间现在很紧张，林晓筱的房间是司老师特意留出来的……艾薇只觉得聒噪得太阳穴跳跳地疼，真想吼一声让她闭嘴，但想到要把林晓筱留在这儿，只能忍下了。

司望舒让艾薇在沙发上坐下，沙发有些软，艾薇闪了一下，心里忽的一慌，挺了挺后背，挪了挪身子，不知道怎么，总有一种坐不踏实的感觉。

司望舒说："生活馆接收的是客人，不是病人，至少我们不这样表述……"

艾薇看着她："你我之间还需要话术吗？"

司望舒笑了。"我这不是话术。"她翻着手里的病历，"六院的诊断依据充分：幻听是阳性症状，急性发作时意识混乱有自我伤害和伤害他人的行为，脑电图发现异常波、脑部CT发现额叶血流量减少……"

艾薇急了："你直接说。"

"直接说，就是艾薇面临选择：继续六院的治疗方案，目前主要是注射氟哌啶醇针剂，急性发作期过后，根据病程辅助以心理治疗；停止强干预性药物，采用我的'延展心灵修复'，她会在'修复'过程中根据需要辅助性用药……"司望舒解释完，递给了艾薇一张需要监护人签字的治疗方案意见书。

艾薇站了起来，居高临下地盯着司望舒："你让我选？我能怎么选？我只有一个选择，就是晓筱好起来。"

司望舒没有动，没有说话，凝固的空气开始一点一点碎裂，无声地落下去，让人窒息的真空中，艾薇发出一声近乎抽泣的喘息……

司望舒叹了口气，也站了起来："那，我选——停药。"

艾薇指着司望舒："你保证！"

"你真是——霸道！"司望舒握住了艾薇剑一样逼过来的右手食指。

艾薇那霸道的手指战抖着诉说着心里的无助和恐惧，司望舒慢慢蜷起她的食指，双手捂着她的拳头："晓筱的丈夫，还有母亲，你要把情况如实告诉他们，征求他们的意见——你不能对谁都瞎霸道。"

艾薇含混地嗯了一声，随即意识到这一声"嗯"等于不打自招——司望舒太了解她。金天出轨的事，只能说了。艾薇端午节往家里打电话，大嫂说大哥的案子已经判了，从看守所走的那天见了一面，脸青黑，他的肝不好；父亲出院在家，不知道保养还成天发脾气，护工再能忍也没忍过一个月的，幸好家里的阿姨跟了十几年，如今就是他和阿姨在过了；院子里的那棵大樱桃，摘过一次，剩下的都被鸟啄吃了，烂了，摘了也没人吃，也不想送邻居；不愿意见市委大院的任何人……大嫂泣不成声，林晓筱住院的事情，艾薇根本不敢提了。

"和缓些说，还是要说……"司望舒盯着艾薇说。

艾薇回去纠结了一周，才给大嫂打电话。大嫂第二天就到了北京。艾薇看到憔悴衰老脱了相的大嫂，心底一阵酸楚。艾薇还是没敢全说——只说了风园条件很好，司望舒是留美博士，国内顶尖的专家。艾薇心底未尝不曾想过，司望舒其实是在风园圈了一群"小白鼠"来实验她的"延展心灵修复"，但她用对司望舒多年的信任，拼命压住了这种可怕的念头……

艾薇和大嫂先去看晓筱。停药后的晓筱，神色活泛了，妈妈问话，也肯应一两句了，艾薇心下稍安。大嫂抹着泪用力抓了抓小姑艾薇的手，接下去自然要问晓筱的丈夫金天和孩子，艾薇犹豫了一下，对嫂子说了实话。回北京的路上，大嫂一言不发。

车下了高速，大嫂忽然说："她小姑，不去你那儿了，我想去看看晓筱舅舅。"

艾薇问了地址，让司机导航，把大嫂送到了她弟弟家。

大嫂第二天晚上离开了北京，上了车才给艾薇打电话，哽咽着说晓筱有小姑姑照顾，她放心……艾薇却从那声放心里听出了无法度量的无奈与担忧。大嫂原是老家人说的那种"麦秸火脾气"，一点就着。虽说江山易改本性难移，只是如今的处境，什么脾气也得变成没脾气……

艾薇在自家信箱里看到了海淀法院的传票，才知道自己错了。

金天向林晓筱提起了离婚诉讼，对自己的岳母提起了民事赔偿诉讼——他被岳母带人打成了轻微伤。

艾薇捏着传票，无法抑制的悲哀与无语的荒唐可笑混杂在一起，隐隐还有种失控的恐惧与无措……她努力稳住心神，走回屋内，手机突然响起，她激灵一下，不安爬满了她的身体。

司望舒在电话里告诉她晓筱溺水了，还好及时被救起，人没事，但还是要她来一趟。艾薇飞快地换上衣服，把传票塞进了包里，一边锁门一边打电话给司机。司机堵在路口，艾薇告诉他不用费劲过来，调转车头他们去风园。

艾薇飞跑了将近一公里，气喘吁吁地上了车。幸好是出城方向，还算好走。一个小时之后，她看到了额头带着青红伤痕的林晓筱，安睡在房间床上。

艾薇跟着司望舒去了办公室，司望舒从电脑里调出监控录像给艾薇看。清晨六点多钟出的事。小夏陪着林晓筱进的园子，开始沿着河岸走，七月的芦苇仿佛怀着乔木的幻觉向天生长，在岸上都过了人头，她们渐渐走到了一条窄窄的河堤上，郁郁青青中林晓筱穿的玫红晨褛很醒目，忽然就看不见了。小夏和她不过几步的距离，小夏一边叫着晓筱，一边开始打电话。

司望舒立刻用鼠标放大屏幕上角另一处刚亮起的画面，解释说："芦苇挡住了虚室的这个侧门，晓筱进去了，小夏打电话问了中控室，很快就跟进去了。"

录像中，林晓筱有些诧异地环顾冰室雪屋一般的所在，中间有一个圆形池子，池中有圆台，她沿着窄窄的通道从池边走上了圆台，盯着脚下波光粼粼的水面，人栽了进去……小夏冲进来的时间不超过三分钟，她用力把林晓筱拖出水面，安保和医护跟着也就到了。

艾薇扭身抓住司望舒："她要自杀？"

司望舒说："也许是出现了某种幻觉，现在还很难说。"

艾薇松开了司望舒的手，软塌塌的胳膊落在自己身上，她毫无感觉，司望舒挪开电脑屏幕，艾薇脑子里忽然划过一道闪电："每个修习室，都……"

司望舒说："每个，全天候。包括 C 区的特护房间——部分客人情况特殊，不能不全天候监控，也为了少起纠纷，不过因为涉及客人隐私，启动房间监控和查看录像都有严格的权限管理……"

一盆雪水从头顶浇下来，艾薇瞬间冻住了，成了冰雕，有一点滚烫的愧悔从心底烧起来，慢慢烧过了肺腑，喉头，烧到了脸上——那晚茅屋内……

司望舒的手放在她肩上，低声说："你放心。"

艾薇捏着自己的包——那张法院传票还是得去处理……一次又一次抿紧嘴唇，最后只说出句，"我晚上再过来……"

艾薇走到门口的时候，司望舒叫了她一声，艾薇回头，司望舒又说了一句："你放心。"

艾薇艰难地笑了一下："我知道。"

菩萨畏因，众生畏果——不知道为什么会想起这句话。艾薇是真的害怕了，她害怕此刻心里任何的起心动念，害怕自己发出的任何一点力量，不知道经由何等吊诡的路径，再催生出无法担承的结果……艾薇竭尽全力吸了口气，再怕也要往前走，周遭的人和事，不会因你的恐惧稍做停留……

艾薇约了金天的母亲——长辈与长辈，谈谈孩子。

艾薇这些年见过林晓筱的这位婆婆大人数面，印象颇为深刻，年过花甲依旧娇滴滴的，嘴角永远噙着说不清道不明的微笑，不管什么话题，兜兜转转都能落到她的旗下出身上。

如今再见，依然如此。艾薇把两张传票放在了茶几上，正招呼保姆倒茶的金天母亲从茶几旁的藤制书报架上拿起那副带珠链的玳瑁眼镜，约略看了，皱眉微笑着说："胡闹！真是胡闹！她小姑姑，您放心，我骂他——让他马上去撤诉。这成什么了？！天下无不是的父母！别说他也有错，就是没错，打了也就打了！"

保姆用一个大托盘端上茶来，白底描金缠枝玫瑰图案的英式骨瓷细柄茶壶茶杯，糖缸奶缸杯托茶匙一样不少。四色茶点，果酱松饼、巧克力曲奇、巴西大松子和奶油草莓，独立包装的小塑料袋熠熠发光，越发显得琳琅缤纷，把宽大的金丝胡桃茶几摆成了戏台。

保姆斟了一杯红酽酽的茶递给艾薇。金天母亲说："这是大吉岭红茶，她小姑姑还喝得惯吧？要不要加糖？我额涅只喝花茶，阿玛倒很洋派……"

艾薇含混敷衍地笑笑，端起茶啜了口，香气刺鼻满口生涩，忍着咽了，把话题从"大清国"拉了回来："您这么通情达理，我很感动。打人总是不对，长辈错了也是错。在晓筱治疗期间，不该再激化俩人的矛盾。是否离婚，我想等晓筱好转了，让她和金天两个人自己决定吧。"

"我们金家不会闹出离婚这种事。"金天母亲也喝了口茶，淡然一笑，"晓筱是我们金家的长孙媳妇，是我一双孙男娣女的亲娘，她病了，天天比谁都着急。那个望舒什么馆的，我也托人打听了，花钱倒在其次，别让歪门邪道把孩子的病给耽误了。她小姑姑，您是为晓筱好，只是如今人心坏得很，杀熟也不是什么新鲜事——我让天天去把晓筱接回来……"

"不可能！"艾薇脱口而出——这位"旗下格格"耗尽了艾薇对她原本就有限的隐忍。调到震动的手机，焦灼地在包里嗡嗡着，艾薇站起身："抱歉，有时间咱们再聊，我得走了。"

艾薇出门接起陆离的电话:"后真相时代"被勒令停播、节目下架,"创世"暂停运营、全面整改——她的盛世薇光,也"溺水"了。

二叠 酱紫之兔子洞

1

坠落，晕眩……

温厚的床垫，托住了酱紫的躯体，坠落却仿佛还在继续，眩晕中她抚摸着身下顺滑的织物，猜度着它们的颜色……身体变得如此柔软，软如春泥——那是时光从大地最深处呵出一口热气，透过层层的岩石砂砾，蒸腾软了的泥。痒痒的有透明的东西穿过春泥一样的肌肤在长出来，复杂的香气氤氲起来……酱紫嘤咛一声，把那颗正在抽条开花的心，抱住了……

熏风吹过原野，拔节的麦苗随风摇曳，远远的村庄，藏在树荫背后；繁枝茂叶的大树，所有的树叶在风和阳光中抖动；风铃一样的叶声，一点斑驳的红衣，渐渐看出那是蜷缩在树枝上的小女孩，黑色短发，黑色大眼睛，微微嘟起的小嘴，似有所思，似有所盼，望着田野中那条蜿蜒的路；白绒绒的一团，跳跃着，那是只不知从哪里跑出来的白兔，小女孩滑下树来，追着那只白兔奔跑……

村庄田野飞速后退，一张巨大的白纸从天边垂下来，旋转的无法辨识的文字瀑布般倾泻，可以辨认的只有标点，女孩跟着白兔跳过不断飞快撞上来的逗号，句号，问号，叹号……最后跟着白兔跌进省略号的某个黑点中去了。摩天大楼一样的植物摇曳着五彩斑斓的叶片和花朵，密密麻麻西装革履的大蚂蚁在枝条上奔忙，黑壳千足虫在藤蔓上奔跑，红色火烈鸟在头顶飞过，大蘑菇上的蓝色毛毛虫与阿拉伯水烟纠缠在一起，冲小女孩喷出烟雾。小女孩在烟雾中变成了黑衣长发的纤瘦少女，惊魂未定的她被浩浩荡荡的皇家仪仗队撞倒在地，那只白色的兔子，却在离她脑袋不远的地方，拿着白手套擦汗……

黑衣少女爬起来，白兔继续跑，她继续追，景物越来越奇幻：疯癫的魔术师撒着绿色钞票，红桃皇后大叫砍头砍头，扑克牌士兵慌乱地撞在一起；林中跳舞的仙女，被生着血红舌头的猪笼草一口吞下；满脸黄色虬髯的矮人挖倒了大树，鸟儿惊飞，尘土飞扬；一脸贪婪的渔夫站在草地上撒网，从空中捞出满网的金币；恋爱中的牧羊人和粉衣女孩儿浑然不觉在他脚下接吻……

白兔撞上了一棵无花果树，黑衣少女捧起瘫软的白兔，白兔在她手中化作一枝仙女棒，喷出闪光的银色烟雾，黑衣少女则如被仙女施咒的辛德瑞拉，旋转变身丰盈曼妙的女神，花钿满头霓裳飘举……幻境中所有的人物都目瞪口呆，看着她不断上升，上升……

48秒的动画片头，定格。

定格的画面，舞美做成了门——节目开始，门打开，画面分离，服饰绚烂造型夸张的酱紫手执那枝 "仙女棒" 出现——穿越现实的幻境，找到属于你的真相……酱紫伏在床上低低地笑，有了幻境，谁还要寻找真相？

卧室门打开，一道光扫进黑暗，逆光站着的，是她的疯帽匠，约翰尼·德普版的疯帽匠，不，是她的刘易斯·卡罗尔，创造爱丽丝和幻境的男人，抑或，此刻，是她的猎人。她知道自己像一头蜷卧仰头的小兽，春草茵茵，皮毛油亮，即使此刻他拿出利刃，她也会亮出柔软的肚腹……

他会猝不及防地拔出吹毫断发的利刃，初见陆离，酱紫就有这种感觉。

那是她第一次参加盛世薇光的工作会议——《后真相时代》节目片头设计方案的乙方汇报。酱紫来之前不知道自己的节目还会有动画片头，后来发现连主持会议的CCO（首席内容官）事先也不知道，正在那儿发牢骚。

陆离推门进来，冲着CCO一点头："开始吧。"

汇报人是设计公司合伙人提迪斯，方案主题是 "爱丽丝与幻境"。提迪斯是创造票房奇迹的国产动画《北游》的原画主创。这个名字就足以让酱紫心跳加速，更不要说他还生了张宛若年轻版金城武的脸，酱紫完全忽略了会议室里的诡异气氛，自顾自地开始犯花痴了。

提迪斯汇报完草案，CCO劈头一句："我们是儿童节目吗？"

提迪斯也算江湖成名人物，听见这话啪地扣上电脑，拔掉数据线："您要这么理解，那就没必要谈了。"

投影成了一片尴尬的死蓝，酱紫则想冲过去打人。

"年轻人要宽容，要怀抱理解之同情，关心、帮助我们这些七〇后、八〇后的老人家。"陆离开口，表情严肃，语调平缓，口吻认真。

提迪斯被陆离的话逗笑了，将数据线接上，画面恢复。

"我来说说吧，"陆离的目光掠过会议室里一片耷拉着的脑袋，也毫无感觉地掠过坐在对面角落里无比期待的酱紫的脸，回到了投影幕布上，"'后真相时代'，就是有舞美灯光的明星之间的'真心话大冒险'，游戏感有，不够！信息，符号，情绪，情感，情节，48 秒里你要给足！我说个老词儿，你是清华美院的硕士，应该听老家伙们逼逼过——能指的狂欢。你够狂，看的人才够欢！放心，我们这些退行性半文盲不懂，有人懂。你就是曹雪芹，弹幕里也埋伏着十万脂砚斋……"

CCO 冷冷地说："'后真相时代'的定位，艾薇总的意见应该不是这样吧？"

"艾薇总的意见，我的意见，你的意见，都不重要——这是数据的意见！"陆离起身说，"散会！会议记录整理好，发给艾薇总一份。酱紫，你要参与乙方的修改。提迪斯，见见你的爱丽丝！"

酱紫突然被叫到，反应太大，起身时带倒了椅子，弯腰扶椅子的时候，提迪斯走过来，含笑看她，酱紫的脸颊热起来，鼻尖冒了汗。与会者散去，都没能惊动酱紫，她陷在提迪斯那黏稠若蜜的目光里，动弹不得。设计团队的另一个男孩举着相机要拍酱紫的照片做资料。提迪斯给她对光线，示范姿势，用手轻轻调整她下颌的角度，掠去她额头的散发……拍完照，酱紫和提迪斯他们互加微信，告别，回去拿自己的东西，愕然发现陆离竟然没有离开会议室，隐身人似的坐在后面一排，他起身把一片纸巾拍在酱紫的手里，表情依然温和严肃，用近乎耳语的声音说："擦擦口水。"

陆离起身走了，酱紫前心后背四肢肌肤上忽然有利刃游过的感觉，微微的麻，微微的凉……这世上还有一种令人愉悦战栗的冒犯……

"女频爽文玛丽苏小说吗？霸道总裁爱上我？！"乌迪夹着烟的手点着酱紫。

酱紫跳开，抖掉落在新裙子上的烟灰。乌迪伸手揪住白底金色图案的裙摆，翻起来看："Versace——陆离那孙子送的？"

酱紫躲，拽开她的手："不是。他帮忙挑的，赞助商礼物。"

不知不觉乌迪替代了曾经的林晓筱，成了酱紫分享一切秘密的人——签约那天在艾薇的工作室见过林晓筱一面，酱紫已经好几个月没见过林晓筱了……

乌迪捏她的下巴："瞧这忧伤的小眼神儿……"

酱紫打掉她的手——和惯常中性打扮的乌迪在一起，举止亲密总会招来异样的眼光。两个人在中国大饭店外吸烟区站着说话，乌迪和一位大投资人约了十五分钟的时间，酱紫等她谈完一起去吃日料，为酱紫庆祝。

酱紫这半年值得庆祝的事太多了。签约盛世薇光；"后真相时代"卖给公司后拿到钱，去交了顺义新楼盘的首付，为自己买下了一套97平方米可以拎包入住的精装房；新节目开局不错，试用期结束直接升职进入管理层——酱紫和原CCO的观念之战，直接导致CCO换人……酱紫真觉得自己是掉进兔子洞的爱丽丝，看着地铁站广告牌上自己都认不出的自己：她竖起食指挡在嘟起的红唇前——千万别对我说谎……大红一字领小香风无袖连衣裙，短不及膝，十五公分的大红高跟鞋，中间是目测两米亮白笔直的长腿……她的腿没那么长那么白那么直，裙子和鞋子其实都是黑色的……陆离否决了前几稿方案中的黑白两色，改成烈焰般灼灼的红——不要是非分明，要煽风点火！

酱紫想到陆离，撩了下头发，嘴边带出一丝微笑。

乌迪摁灭烟头，扭头看她。"花痴！"乌迪抓起酱紫的右手，"爱情线长出来了？"

酱紫夺回手："我不是没长爱情线，是爱情线和事业线重叠了。"

乌迪笑起来："陆离给你看手相时说的吧？用这么老土的招儿撩妹——暴露年龄！你别瞎浪，陆离没那么简单——你不觉得余菲菲的存在很奇怪吗？"

盛世薇光调整后的架构大幅度消减了层级，除了总裁办和基本职能部门，下面就是独立核算的业务矩阵：陆离把盈利能力最强的线上商城分给了"元老团"，缓和矛盾；"左鱼"和"创世"团队合并运营，陆离从腾讯 OMG 挖了个 89 年出生的技术数据派大男生来掌舵；原创网综，新任 CCO 是陆离此前合作打造过爆款网综的总编辑。余菲菲作为"左鱼"的董事长兼总经理，并购后进入盛世薇光出任副总，但分管的却是职能部门，基本处于"赋闲"状态。

余陆做局的传言满公司都是，酱紫关心的重点在别处——男未婚，女未嫁，盛世薇光也没有禁止办公室恋情的规定，陆离和余菲菲为什么要把关系悬置在尽人猜疑的状态?

酱紫曾经在微信里假装鲁莽地试探过陆离："他们说，余总是您女朋友……"

陆离回："我找他们和余总确认后，给你份报告。"

酱紫不知道这算是否认还是某种程度的承认，只能装傻："哦，好吧。"

酱紫在大堂等乌迪的时候，意外收到一条陆离发来的微信：回头。

酱紫带着被捉弄的担心，慢慢转身——陆离真的在她身后。那颗浆果一样被揉搓了几个月的心，最后这一下，汁水四溅地裂开了……

2

只发了条"有事先走，回家解释"的微信，酱紫把乌迪一个人丢在了中国大饭店。她给乌迪解释的时候，已经是第二天下班之后了。

酱紫在回龙观分租的那间卧室到期了，买的新房明年才能下来，乌迪就说："来跟我付费同居吧。"酱紫回到和乌迪同居的家，客厅落地飘窗前的榻榻米上，乌迪敲着电脑，扭头看了她一眼，没说话。

酱紫乖乖地坐在了她对面，乌迪开始骂她：色胚，花痴，撩汉子狂魔，重色轻友，色令智昏……乌迪停下来，喘口气，酱紫做可爱状，"晚上我们吃什么呀？"乌迪丢下一句"厚颜无耻"，起身去做晚饭。

酱紫趴在开放式厨房的岛台上啃苹果，看着乌迪把要焗的蔬菜摆进烤盘，蒙上锡纸。乌迪房租的一半是每月九千，这够酱紫此前租半年的房——忍不住还会这样算，带着刺刺的快感去算。

乌迪在房东极简风的装修基础上，按照"侘寂"原则进行装饰，酱紫捧着盛米饭的碗，领悟到"侘寂"的本质就是看上去不起眼却贵得吓人。吃米饭用美浓烧，从波斯珐琅盒里拿牙签，赤脚去踩北投蔺草编……习惯起来比想象的要容易；被热爱美食擅长烹饪的处女座乌迪严厉"伺候"，习惯起来也比想象的要容易……酱紫感觉如同蛇蜕一般，与旧生活彻底剥离了。

她甚至觉得伏在岛台上的身子都柔软起来，乌迪关上烤箱，抬眼看她，酱紫有点儿不好意思，直起身笑。乌迪顺手拿起抹布，擦干操作台上的几滴水："宝贝儿，你开心一下就好，别认真蹚他们的浑水！"

乌迪转身去搅火上的汤锅，牛肉的香气中酱紫听到匪夷所思的一句话："陆离和余菲菲，连他们自己都未必知道，彼此是情人，还是仇人！"

乌迪盖上汤锅，转身看着酱紫："五年前，余菲菲艳照逼宫，陆离怀着二胎的妻子自杀，一尸两命。遗产继承的事闹了两年，陆离已在申请 IPO 的公司弄到破产清算，人也一蹶不振，余菲菲卖了豪宅，帮助陆离东山再起，这才有了'左鱼'——恩怨情仇，狗血四溅。"

酱紫听得心惊肉跳，烤箱叮的一声，吓得她啃了一半的苹果差点儿扔了。乌迪皱眉说："我真他妈有点儿受不了——白雪公主范儿哎，恶不恶心？你是见过惨淡人生淋漓鲜血的呀！装嫩也是哥特萝莉，不是傻白甜！"

酱紫笑着继续啃苹果："见过也忘了！不忘留着灌血肠过年吗？天天有人问候我，生于 1985 的中年妇女装萝莉，你的良心不疼吗？——不疼！"

乌迪戴着隔热手套，端出烤盘："你的微博、公众号谁在弄？"

酱紫说："维护团队在做——'创世'上所有签约主播。"

"烂泥般的往事里长出你这么一朵白莲花？"乌迪从岛台下的柜子里拿出餐垫和盘子，递给酱紫，"你的形象维护方案有问题——洗得越白，黑得越快！"

酱紫说："对了，这几天一直有人给我发私信，说我亲妈在找我！"

乌迪说："有人跟进吗？是真的，还是有人想蹭热度？"

酱紫说："跟了。发过来时间地点，不见不散。五道营一家希腊餐厅，看来我亲妈对文青集散地挺熟。退一万步，就算是真的，我也不理。老家的爸妈这半年也一直给我打电话，要钱给他们儿子在县城买房子，我就不理。"

乌迪摇头："你得向公司报备，你的私事是盛世薇光的公事——想想艾薇！"

提及艾薇，酱紫想起件事，期期艾艾地说："那个……端午节，我得去艾薇家过——半年没见林晓筱了，她约我。对不起……对不起！"

乌迪似笑不笑地看着她："旧爱新欢摆不平了吧？闺蜜尚且如此，将心比心，想想陆离和余菲菲——过去，没那么容易过去！"

酱紫很想反驳乌迪——自己的过去，真的就过去了。现在就算认真去回想，都不大能想清楚，像玻璃上的霜花，一碰就成了模糊一片……她为丢下乌迪一个人过节有些抱歉，也就咧嘴一笑，算了。

酱紫从艾薇那里回来时，心里揣了块又沉又冷的石头。她滚在榻榻米上，枕着乌迪的腿，乌迪问，她不肯说——仿佛说出来，就成了无法改变的事实，不说，这件事就会过去……

酱紫去风园看林晓筱，先见到司望舒。这不是她们第一次见面，但司望舒没让酱紫多讲那次意义重大的初见，直接嘱咐酱紫该如何应对病中的林晓筱：不惊讶，不纠正，全面配合。林晓筱看见酱紫，热情而客气地笑了，从床头柜里摸出几个青中泛黄的杏子给她，说这是闺蜜姜丽丽从老家仰韶带来的响铃杏，熟透的杏子摇动时，杏仁会在杏核里响……

虽然有心理准备，但酱紫看着摇动杏子认真去听的林晓筱，还是浑身掠过一阵疼痛和恐惧的战栗，她接过杏子咬了一口，酸得眼泪出来了，还是笑着咽下去了。她每周两次去风园看林晓筱，再忙也去。一次明知道晚了，林晓筱睡了，她跑去在房间门口站了一会儿——仿佛在遵守奇怪的仪轨……可是，第四次来，她听到林晓筱和幻觉中的姜丽丽说话时，情绪失控了。司望舒及时出现，带走了她。酱紫被内疚和负罪感压垮了，她把胳膊掐出了血都止不住浑身的战抖，哆嗦着等司望舒宣判她有罪。

司望舒平和却斩钉截铁地否定了酱紫对晓筱病因"自作多情的文艺想象"，酱紫在她清凉如水的目光中安定下来，司望舒笑着说：

"太自恋了会生病的。"

酱紫略带羞愧地笑了。

从风园出来,酱紫接到 CCO 的电话,让她立刻回公司。酱紫挂了电话才发现自己的助理刚刚发了个直播链接过来。酱紫在出租车上打开链接——多年不见的养父母和主播坐在一起,同座的还有一个陌生的五十岁左右的女人——从主播的介绍中知道,那个女人是酱紫的亲生母亲。

直播接近尾声,题目是:女儿,你会不会来?

原来那个"不见不散"的私信不是恶作剧,而是别人做的"局"——你来,或不来,都破不了的"局"。酱紫那一刻感觉胸口要爆裂开。乌迪的电话打进了,中断了直播,酱紫接起电话时,整个人都在哆嗦。

乌迪问她在哪儿……酱紫在公司楼下下车,乌迪站在楼前的吸烟区抽烟。酱紫看着乌迪,想起她的话——沙尘暴一样的过往,呼啸着刮过空旷荒凉的心底,看不清一切,呼吸困难。乌迪看见她,熄灭了烟头,大步走过来,伸手把她搂进了怀里,轻拍着后背,让浑身战抖的她平静下来。

雪亮的车灯扫过来,车门打开,陆离从车上下来,扭头看到她们,站住了:"换个时间地点再抒情,好吗?酱紫你先去我办公室。"

乌迪安慰地拍拍酱紫,转向陆离:"我马上走!再流氓我他妈也有底线，不会什么便宜都占！"

陆离笑着说："乌迪老师，我不知道该替多少人庆幸，你这会儿手里没刀！"

乌迪头也不回地接话："先算上你自己！"

陆离办公室的外间是个小会议室，他关上通往外间的门："给我说实话，你对养父母还有这个找过来的亲妈一直不理，是赌气，还是真的不愿意再有联系？"

酱紫仰头看着陆离，她的脑子根本不转。

陆离有些急躁："你别猜我的态度——我没态度！你要是爱恨交织，咱就给亲情留点儿余地；你要是想斩断过往，我就彻底帮你解决问题，不留后患。"

酱紫说："我选第二个。"

外面的会议室陆续有人进来，陆离示意酱紫听着就好，他也出去了。直播还没结束，陆离就通过人脉联系上了捣鼓这件事的公司——三个年轻人的创业公司，主播就是老总，见到"爱豆"陆离颇有些激动。

一拍即合的事儿，自然好谈。养父母夫妇，看到小老板的空头支票在大老板这儿变成了五万元现金，做完节目还有十五万元，先激动起来，满口答应。亲妈没表态，但没人把那沉默误会成拒绝。总裁办秘书、综合办职员、会计、出纳、法务助理各色人进进出出，商讨条款，签协议，给钱……小会议室呈现出一派工地开工、农家过年般的热火朝天欢欢喜喜的气氛。

酱紫从开着的那条门缝后走开，哆嗦着给乌迪发微信：你能回来接我吗？

乌迪秒回：我没走，不放心。

酱紫一下哭了。

她抹了把泪，从衣架上抓了陆离打高尔夫的球帽戴上——很大，帽檐的阴影遮住了整个脸，她如入无人之境快步穿过会议室。陆离追了出来，在走廊上，酱紫摘下帽子塞给他，哑声说："节目台本准备好，发我就行。"

"酱紫不认亲妈"上热搜的当天，盛世薇光推出了噱头十足的特别节目预告：《真相女王的真相》——直播酱紫和养母、亲妈见面：是否亲生，为何送养？是父母予取予求情感勒索，还是女儿无情无义怨念深重？见面后亲妈有何故事，养母如何解释，酱紫又做何反应？是尽释前嫌抱头痛哭，还是恨海难填不欢而散……预计大概率会出现场面失控，于是请善于控场的艾薇亲自主持。

酱紫的态度是节目的悬念，她除了照例溜去风园看了林晓筱外，其余时间都待在家里。待在家里的酱紫开始在网上搜司望舒的著作，酱紫的英文水平不够读懂那些链接，中文链接都和大学课程、讲座和学术会议报道相关，顽强地搜了好久，终于看到有本中文书《延展心灵》，点开看是家专门卖佛教书籍的网店，是旧书，酱紫还是当即买下了。没想到给送书的快递开了楼道门，跟着上来的还有媒体，幸亏乌迪那天回家早，毫不客气地给哄走了。酱紫这期直播的广告招商拍出了八位数，舆论越发沸沸扬扬，"敬业"的媒体自然也越发下功夫。

"这帮傻鸟！"乌迪在厨房岛台上做寿司，"刚才还在小区门口拦我的车——我要是爆料还轮得到他们？"

酱紫沉默半天，说："比起你，我对不起艾薇，更对不起晓筱——最初爆料的那个风行天下，就是我……"

乌迪用力摁着寿司帘子："瞎矫情！艾薇就是知道，她也无所谓……"乌迪抬头，愣了——酱紫在哭。

酱紫哭着说："艾薇知道！她告诉我的，但晓筱不知道……"

乌迪抽出寿司帘，铺上紫菜，从电饭锅里挖出一勺米饭，开始做下一卷："你到底在哭什么？"

酱紫被乌迪问愣了——心里糨糊般黏稠混沌的一团难过，究竟是什么？

乌迪卷着寿司继续说："为艾薇，大可不必。我们就是干这个的，人为刀俎我为鱼肉，或者我为刀俎人为鱼肉，都不能简单做道德判断——你要是眼泪富余，顺便为这条挪威三文鱼哭上两秒，我们的晚餐是以它的痛苦牺牲为代价的。"

酱紫含泪啐乌迪，乌迪伸手把她拉进怀里，用纸巾给她擦泪："至于林晓筱，我不清楚你们之间究竟是怎么回事，我只能告诉你：不轻易判断任何人，这个任何人里，包括自己……"

酱紫趴在乌迪的怀里，闻到她新换的香水 ckfree，干燥木质的香气很好闻，像初秋晴日的树林，暖暖的……乌迪拍拍她的背："吃完饭我帮你看台本。"

台本中最让酱紫不舒服的地方，就是宣布亲子鉴定的结果——她不愿意去测 DNA，但还是答应了明天去鉴定中心拍采样的镜头。不做，节目怎么做？前戏了半天，你穿上衣服走了，观众干吗？！这是陆离的原话——再说，卖奶的金主也不干呀，那首好奶如亲娘的 MV 就要在悬念揭晓前放……

乌迪："不会换个姿势吗？！哎，陆离在床上也挺乏味的吧？"

酱紫认真想了想："还好，我内心戏足。"

两人同时大笑。乌迪拿起台本，大删大改起来。酱紫虽然觉得好，还是担心 CCO 会介意，没想到拿到公司获得交口称赞。

一期所有人都以为会泪雨倾盆的节目，开场后欢声笑语。虽然助理事先告诉酱紫，她那位年过七十的养母直播过后能成网红，在休息室候场的酱紫还是被养母久遭埋没的综艺天赋惊呆了。台本要求就是坦率要钱，那一套套合辙押韵的农村大道理纯属个人才华——什么家鸡打得团团转，野鸡不打满天飞；什么鸡皮热，鸭皮凉，鸡皮贴不到鸭身上；什么生恩深似海，养恩比海深；什么"情"的孩子典的地，早晚都是一场气……高声大嗓，理直气壮，拊掌拍腿，还跟现场观众年岁大些的互动：她姨她婶儿你想想，养她十七年，总值县城一套房……观众又是笑又是嘘又是鼓掌。

亲妈摆的是青衣范儿，演的是苦情戏，说到未婚生女万般无奈只能送人，凄婉的二胡声一起，观众哄堂大笑，主持人艾薇故作一脸无奈地说："正常情况下，这里是泪点，不是笑点。"

养母一脸认真地插话说："不是送，我给过你三千块钱——你得说实话！"

观众越发大笑，鼓掌。亲妈的尴尬是真实的。艾薇摁住养母，宽慰亲妈。

"情非得已，生活所迫。"艾薇略带夸张地撩撩头发，一语双关地说，"这般盛世美颜，遇上个把渣男，有什么可奇怪的呢？"

观众鼓掌，有人吹口哨。艾薇笑道："我也豁出去了！受伤无助时，喝口好奶……"笑声和尖叫压住了艾薇的广告口播，艾薇带笑念完，开始播放亲子鉴定中心采样时的 VCR。

导演在门口出现："酱紫，三分钟倒计时，艾薇路上一分钟，广告一分钟三十秒，三十秒你一个人在房间的镜头，然后艾薇进门……"

摄像已经进门，酱紫整理情绪，好在她的戏份很轻，几分钟和艾薇的对话，含蓄表达坚强外表之下的困惑、怀疑、悲伤与渴望，继续推悬念——亲子鉴定的结果是什么？

亲妈会从装鉴定结果的信封里抽出一张白纸，那时酱紫早已离开休息室，直播画面是空镜头，酱紫的座位上放着一个白信封，那才是等待揭晓的秘密……

3

黑场，音乐起，追光次第亮起。

　　妈妈，今天是我的生日，十岁生日，我第一次给你写信。以后每年生日，我都会给你写一封信。我不知道你在什么地方，所以不能寄给你……

十岁的小姑娘，红袄黑裤赤脚，站在村头麦秸垛的背景前读信。

　　妈妈，今天我十七岁了。我来郑州读大学了，你会为我高兴吧……

白衫蓝裙马尾辫的女大学生，站在校园的背景前读信。

　　妈妈，今天我二十一岁。我发表了一篇小说，很短……

身穿印染服务员制服的女子，站在餐馆的背景前读信。

> 妈妈，今年我三十岁了，还是一个人。一个人在北京，从地铁站走回来，很累，很冷。妈妈，你把我生在了冬天，难道我的人生是永远过不完的冬天……

仔裤鸭绒袄和短靴，裹着大围巾的女孩子，在都市夜的背景前读信。

观众席掌声如雷，有人开始喊"酱紫，加油！我们爱你……"灯光亮起，前排几位五十多岁的老阿姨哭得稀里哗啦，亲妈哭得从椅子滑到地上，养母抹着泪去拉她……那首实为乳品广告的抒情MV播放了将近五分钟，画面回到现场，酱紫的"与母书"已经收集整齐，放在了艾薇面前，镜头推近，没有一封信纸是一样的，十岁那封用的纸是从作业本上撕下来的，还经过磨损做旧——道具师真是业界良心。

酱紫留下的白信封已经被工作人员递到了艾薇的手里，艾薇打开，里面装着一张信用卡——给养父母的钱，还有一封留给亲妈的信，艾薇打开读这"最新"的"与母书"：

> ……重逢，不是故事结局，而是故事开篇。我更愿意用憨憨的信任、暖暖的情感而不是冷冷的生物学鉴定，开始我和妈妈的故事……生命是场修行，不管我们曾经多糟，我们都有机

会变好，只要我们愿意学习，学着去了解，学着去爱，学着去成为好的母亲，好的女儿，好的自己……

片刻安静之后，低低的惊呼声，掌声起，泪眼婆娑的艾薇，继续。"我们不要忘了，还有好的奶……"不少观众破涕为笑了，"虽然这会儿念广告，显得特别不是人，不是人就不是人吧。"观众开始鼓掌起哄，艾薇喊着念完的广告口播——艾薇也很拼。酱紫关掉了直播，在回家的车上闭上眼睛。

盛世薇光今年的日子不好过，陆离似乎也回天乏术。隐隐觉得有些什么事情在发生，她肯定忽略掉了什么，是什么呢？

酱紫郁郁地进了家门，乌迪的声音从厨房传出来："先去洗澡，有好吃的。"

酱紫洗完澡出来，看到冰桶里放着香槟："庆祝什么？"

"情绪不高嘛！"乌迪倒显得兴致勃勃，她递给酱紫杯子，砰地打开酒，"庆祝我们的节目成功。"她用手势阻止酱紫反驳，"关键词，我们的——宝贝儿，对即将成为你老板的人，不需要阿谀奉承一下吗？"

香槟泡沫淌到了手上，酱紫只顾盯着乌迪问，乌迪一边解释一边给她擦手，又蹲下擦干净地板——乌迪准备接下余菲菲的股份，加入盛世薇光。

酱紫本能地觉得和余菲菲相关的一切都有问题。

乌迪笑了："余菲菲的确一句话十八个坑，我认识她也不是一天两天了。盛世薇光如果不是遇到了大问题，她也不舍得走——老鼠要离开将沉的船了。"

酱紫不解地看着乌迪，乌迪摸摸她的头发。"你在船上，我得去救你呀！"随即一笑，"我有数——微格基金的钱撑到年底，'创世'肯定能熬成爆款。"

酱紫和她碰杯，喝了口酒："我对这些事，没能力做判断——只是担心。"

酱紫的担心，第二天就变成了现实。

陆离请酱紫吃午饭——在家里，叫外卖，他们的约会模式，第一次是例外。

陆离的家，有种洞府幽深的感觉。顶楼复式，朝南的落地大窗，采光应该是很好的，银灰窗帘后的遮光布总是拉着，若没有乳浊色地毯上那道明亮日影的提示，进到室内，就从正午进入了夜晚。

陆离叫了湘菜，就着最喜欢的那道白辣椒炒鸡胗吃了两份米饭。酱紫才察觉自己的舌头被乌迪的厨艺惯刁了，满嘴咸辣油腻，吃不下几口，只在那里喝水。陆离一推外卖餐盒，端着茶杯去了客厅。

陆离瘫在沙发上，胡噜着自己的脑袋："余菲菲的股份可能要转给乌迪——我听艾薇的助理说了这么一句，余菲菲先跟艾薇打招呼，怕她不同意。艾薇就是再讨厌乌迪，这时候也不会不同意的。微格基金今年也不顺，钱紧，想让盛世薇光第三季度按照原价赎回相应股份，双方都合适。趁着还有几档节目撑门面，'创世'赔钱赚吆喝好歹还热闹，艾薇赶快找接盘侠。撑到年底，按照和微格基金的对赌协议，溢价百分之十赎回——盛世薇光就没有明年了。我手机忘在会议室，余菲菲拿了还我的。艾薇和我在微信里讨论过这事儿。余菲菲套现走人，肯定是看了我手机，解锁密码我一直没换过。对了，这事儿你不能告诉乌迪。"

酱紫听得半边身子都木了，耳朵里嗡嗡直响："那你为什么告诉我？"

陆离看着她："不是你、我，是我们——余菲菲走，乌迪来，对我们是好事。"

酱紫低头说："余菲菲套现走人，乌迪跳进一个坑——她的钱是借的。"

"谁的钱不是借的？乌迪加盟盛世薇光，还陪嫁了个羊驼牧场，对融资是利好，对业务是助力，尤其是对你——不是哪家公司都像盛世薇光这样，拿你当心肝宝贝！乌迪是老江湖，要你这个傻孩子替人家操心？"

陆离的手隔着沙发扶手伸过来抚摸她，酱紫下意识退了一下，再想掩饰却也来不及了，那只手就撤回去了。酱紫瞬间想哭，但生生把那股泪意憋了回去。酱紫浑身僵直地坐着。陆离清了一下喉咙，先打破了沉默，他站起身："你那堆爹妈，公司留有他们签约拿钱时的录像和协议，他们也难再用舆论勒索你。想缓和关系随你，你要是不想搭理，就不搭理吧！"

酱紫准备自己叫车，陆离说："算了，今天一起走吧。"

两人一起回了公司，各自去忙。晚上七点多钟时乌迪打过来一次电话，酱紫说加班。十点离开公司时，酱紫提出请大家去附近的"南岛"喝一杯，别人都说有事，只有助理跟她去了。

一杯长岛冰茶喝了半个小时，助理小姑娘一直在回微信，酱紫就让她先走。助理环顾，酱紫说卸了妆没人认识她。助理跳起来，没出酒吧就开始打电话。酱紫也起身，坐到吧台去，看留着两撇小胡子的调酒师为她调马提尼。

酱紫一下一下戳着酒里的橄榄——乌迪会游泳，会潜水，就算沉到水底，说不定还有个天堂般的新世界……用你替人家操心？酱紫一砖一瓦填塞着千疮百孔的心理防线，抹上道自怜的水泥，也就固若金汤了。

近午夜，南岛乐队那位不知是菲律宾还是印尼口音的歌手，开始晃着身子唱爵士风的 *I am just a lucky so and so*，生生把英文唱出了西班牙文的感觉，酱紫的酒也换成了莫吉托——冰和薄荷，丝毫压不住胃里的烧灼。吧台前的人多起来，酱紫被人一碰，差点儿从高高的吧台椅上掉下来——她是醉了。

醉眼蒙眬都有了幻觉，酱紫看到了乌迪生气的脸，直到下巴狠狠被捏疼了，酱紫才知道真是乌迪。"电话不接，微信不回。到家再跟你算账！"

乌迪买完单，伸胳膊揽住酱紫，不留神胳膊肘撞到了身后一个女孩的胸。那女孩一声尖叫，骂了句脏话。乌迪扭头，松开酱紫，让她站好，转身盯着女孩，一个人高马大的男生晃着车钥匙进来，见状把那女孩拉到身后，伸手推搡乌迪，酱紫都没看清楚是怎么回事，那个男生就躺在了地板上。周围响起了口哨声和嘘声，保安立刻出现了，酱紫拽着乌迪离开，那女孩尖利的骂声传过来："死变态！百合了不起啊……"

乌迪扭身要回去，被酱紫死命拉住。夜风一吹，酱紫摇摇晃晃有些站不住，只是拉着乌迪，不撒手，不肯先上车。乌迪拖着她站在路边抽完一支烟，把她塞进副驾驶，发动车时冒出句："你这个助理得换！"

酱紫摸索拉扯，半天没有系上安全带："我让她走的。"

"你让她走她就走？"乌迪的火还是没压住，"出事儿算谁的？"

酱紫说："我又不会跟人打架！"

乌迪一脚急刹车："我他妈多余，是吗？"

酱紫被甩向前又摔回座椅，她揉着被撞得生疼的胸口，血冲进了大脑，脸滚烫起来，开始朝乌迪吼回去，语速快到没有地方加标点，一口气将陆离今天和她的对话全盘托出。说完她才用力喘气，以至于呛咳起来。

乌迪火气下去了，脸色凝重，伸手把她拉进怀里，摩挲着她的后背。"不会有事儿的……"乌迪放开酱紫，给她系好安全带，"我先送你回家。"

半个小时后，酱紫歪在余菲菲堆满毛绒玩具和印花抱枕的布艺沙发里——酱紫死命也要跟来，她不知道乌迪要干出什么。酱紫一身酒气，乌迪站着抽烟，余菲菲开窗户，开香薰喷雾，托着个咖啡碟追着乌迪转，怕她乱掉烟灰。

乌迪夺过碟子，让余菲菲安定，把一切都摊开说了。余菲菲愣了一下。"等等，让我捋捋——陆离告诉酱紫，我套现让你入坑，不让酱紫告诉你，可是酱紫告诉了你……"她笑起来，"我十九岁在阿里做前台时认识陆离，跟他跟到三十七，陆离什么人我清楚。最高级的谎言，所有的细节都是真实的。他忘手机是真的，解锁密码没有换也是真的——她女儿生日！我看了他的手机也是真的，但艾薇和他商量找人接盘，我没看到。我告诉你，如果微格基金退出是真的，他不可能告诉酱紫。君不密则失臣，臣不密则失身，这是他教导过我的话。告诉酱紫，就是让她告诉你——她这么一朵重情重义的白莲花，哪受得了这个？不可能不说！陆离就是要你毁约，就是要把我困在盛世薇光继续折磨我！"

余菲菲的雄辩似乎让乌迪愣了，歪在沙发里的酱紫听完也糊涂了，觉得又悲哀又可笑胃里又难受，发出一阵吭哧吭哧的声音。余菲菲紧张地凑过来："你是在笑，还是想吐？"

乌迪把烟头摁灭在咖啡碟里："我不蹚你们的浑水，占小便宜吃大亏，既然没这事儿，盛世薇光前途无量，你自己留着或者再找别人也不难，保证金退我！"

余菲菲丢开酱紫，坐进单人沙发："我拿去付律师和会计师的费用了。"

乌迪斜眼看她："还没估值，你就花了两百万？——我不是不讲理，我毁约，前期费用我认……"

余菲菲笑着说："既然是你毁约，保证金我也可以不退……"

茶几上，玻璃水果盘上几只青色牛角酥的缝隙间露出一枚鲜红的刀柄，乌迪在咖啡碟里摁灭了烟头，伸手抽出了水果刀："跟我耍横——你才认识我吗？"

酱紫不知道自己闯下了什么祸——只知道自己闯祸了。乌迪抄起刀的时候，酱紫感觉心脏停了一下，接下来就是一阵狂跳，也不知道为什么傻到用手去抓，手掌抓到了刀刃，血顺着胳膊流下来……乌迪忙撒手，水果刀当啷掉在地上。

余菲菲手忙脚乱地拉开抽屉，棉签、纱布、碘伏、创可贴堆了一茶几。

"傻丫头，真是傻丫头！她吓唬我呢！"余菲菲抱怨里有无比真实的疼惜，"先缠紧止血，去医院处理一下，破伤风也要打。头晕吗？"

血流得吓人，伤口其实不深，也不怎么疼，酱紫伏在沙发肘上，沙发背后，香薰器喷出的乳白水雾缭绕过来，清甜的香气，让人想起洋槐开花的晚上……

余菲菲的神情恳切到了悲怆："乌迪，我绝对没有骗你。如果不是受够了，死心了，我也不会走……"说到最后，她哭了。

乌迪架着东倒西歪的酱紫，又操心不要碰到她受伤的手，扭头说："你慢慢哭——我先送酱紫去医院。"

余菲菲跟到门口："楼道黑，你们小心点儿……"

余菲菲住在一栋连电梯都没有的老楼里，从粉红嫩白明亮清甜的房间出来，幽暗肮脏的楼道里全是灰尘、过夜的垃圾和宠物尿液的味道，踩着满地落叶般的外卖广告走下来，酱紫觉得自己陷在一个癫狂的幻梦里……

缠着雪白纱布的右手，搁在梳妆台上，乌迪用化妆棉蘸着卸妆水小心地替酱紫擦去眼影腮红唇膏……酱紫一直盯着自己的手，那些被她忽略的疑惑的碎片翻飞着落下来，像被吸引的铁屑，渐渐勾勒出那隐形磁石的轮廓……

"余菲菲这下该放心了……"酱紫喃喃自语。

乌迪的手顿住了，酱紫笑了一下："余菲菲的戏真好，你的不好……"

乌迪笑了："还真是柯南！我也是没办法才陪他们演这狗血剧，投资那么难找，好不容易逮着个机会。那天在中国大饭店，你要不是跟陆离走了，我和投资人谈完，出来就会告诉你。后来陆离警告我不能告诉你，余菲菲试探过你几次，幸亏你不知道，不然你肯定露马脚。他还让一个 HRBP 提出辞职，在和分管副总余菲菲进行离

156

职谈话时，透露猎头公司的内部消息，陆离已经在找下家了。他不走，余菲菲也不会走——陆离被这个多疑偏执的女疯子缠了这么多年，弄得家破人亡负债累累，也是桃花劫……"

酱紫晕眩得有些恶心，伏在自己胳膊上，乌迪说什么她已经听不大清楚了。那种坠落的晕眩，开始终日纠缠酱紫。坠到底，哪怕在破碎和疼痛中醒过来，趴在冰冷的现实上，也会好受些……

长富宫日料"樱"，乌迪翻着菜单，笑着对酱紫说："这里的海胆可以吃……"

房间纸门被拉开，陆离进来，酱紫低了头——自那顿不甚愉快的午餐后，两人再没说过话。酱紫缠着纱布的手搁在桌边，陆离忙问怎么了。

乌迪边点菜边说："我要手刃余菲菲，阿紫姑娘宅心仁厚，空手夺白刃——怨我，戏有点儿过！"

"咱们家酱紫真是难得啊！"陆离笑说，"在这个随时都会图穷匕首见的无情世界里，还怀揣一份不惮受伤的温厚与深情！"

酱紫抬起头来，点菜的和服女孩近乎耳语地低声问着乌迪什么，乌迪说，当然。她笑着合上菜单，看着酱紫说："生死与共了，酒还是要喝一杯的。"

陆离笑道："我听说估值都估出白菜价了？"

乌迪说："烂白菜价！你和艾薇怎么谢我？"

陆离不只甩掉了如附骨之疽的余菲菲，还利用随之而来的恐慌心态扫荡了盛世薇光的"创业元老团"，顺带解决了艾薇的离婚困局——"负资产"估值让对方律师放弃了公司股份要求，艾薇成功协议离婚……

　　榻榻米椅的后背略带弹性，酱紫靠上去晃了两晃，晕眩又起来了，落地窗外的山水庭院，游廊空无一人，檐下灯笼初亮，暮霭中光色昏黄。是梦境，一重梦坠到底，落进了另一重梦里，在这个梦里，酱紫的心空了……陆离身后半人高的落地竹灯笼，灯纱上缤纷的落樱在光影里飘了出来，一只毛茸茸的猫满屋追着蝴蝶一样的落花，酱紫恍惚地想，这个兔子洞到底有多深啊……

三叠 艾薇之水中央

1

"暗红尘霎时雪亮，热春光一阵冰凉，清白人会算糊涂账……"

风园北面，有一道半真半假的长城，前半段是园区景观，有垛口城墙；拾级而上，高处的烽火台是可以望尽全园的观景台；蜿蜒两段之后的部分，就是围墙上做出的画面了。城下几棵龙爪槐，三五个穿蓝衫的陪修女孩子，看着一个灰衣女子槐荫下唱戏。昆腔入耳，城墙上的艾薇不由得停下听，然后摇头赞叹："女子唱生末，如此浑厚苍凉，这声笑，做得更难得……"

司望舒知道艾薇的感慨不在声腔——前两个月，艾薇以移星换斗的本事，同时完成了盛世薇光和自己人生的重置重启，烈火烹油热锅撒盐地炒自己旗下的几个小网红，没想到炒锅起火，不仅折了锅里的酱紫，连带着厨子陆离都烧伤了，一纸禁令彻底冷了她的灶。亏得陆离颇有先祖陆贾的本事，主管部门也算通情达理体贴下情，盛世薇光认罪态度良好整改方案全面，酱紫草根出身诚实坦荡也颇有几期可证清白的正能量节目，加上还楚楚可怜地晕倒在了冷气充足的会议室里，一周后"创世"就恢复了正常运营。只是下架节目赞助商那里的天价违约金还在协商处理方案，起火烧新灶的钱也不是小数，被逼出来化缘的艾薇，听见这几句唱词，难免有些刺心。司望舒拉她继续走了。

昆腔在她们身后遥遥延宕："……重来访，但是桃花误处，问俺渔郎……"

见海中集团的董事局主席，本是艾薇提出来的，有枣没枣打一竿子。司望舒略费了些心思，给安排成了主席要见艾薇——但司望舒没有告诉艾薇。以司望舒对这位主席和艾薇的了解，各自带着这样的心理预期，才有可能完成"亲切友好"的会谈。

从"长城"下来，走进片杂树林，远远听见酱紫在喊："林晓筱，停下来！"

接连几次晕倒又查不出任何器质性问题，酱紫在艾薇的建议下来咨询司望舒，问题不大，但林晓筱不肯让她走——林晓筱依然没有把现实中的酱紫和自己幻觉中的姜丽丽"缝合"为一个人，但对酱紫的接受程度比一般人高，而酱紫愿意留下，是因为不想回到和乌迪"同居"的那个家。

《后真相时代》停播、下架的原因是过度炒作明星私生活，主播酱紫本人负面新闻频出，造成不良社会影响。所有的负面新闻中最让酱紫不堪的，既不是性侵过她的高中老师对那段充满同情和善意的"师生婚外恋"的朴实讲述，在媒体报道中不无"援交"色彩；也不是被深挖出当年是"做小三"而非"被小三"的黑历史；而是与乌迪的疑似女同关系——从对面楼上伸出的神奇镜头捕捉到了乌迪与酱紫在厨房相拥的"非日常生活场景"。酱紫这个十五岁失贞、性倾向复杂的"荡妇"，自然人人得而诛之。"键盘侠"们在虚拟世界里"泼粪泼尿泼硫酸"，击倒了现实世界中的酱紫。

司望舒对艾薇说："你快一个月没见晓筱了吧？"

林中空地上有一架秋千，林晓筱和酱紫面对面站在秋千上，林晓筱双腿用力屈伸，秋千越荡越高，酱紫紧紧抓着秋千绳，闭着眼睛喊着停下来。司望舒警告地叫了声晓筱，林晓筱不再用力，秋千荡着荡着慢下来，陪修小夏上去扶住秋千绳，林晓筱几乎是跳下来的，笑着跑过来："望舒姑姑！小姑姑！"

司望舒知道艾薇戏剧化的情绪要出来，拍了她一下，艾薇忙点头示意明白，司望舒对林晓筱笑道："衣服都湿透了！人家酱紫本来就不舒服……"

酱紫拽着秋千绳，坐在秋千上，在她的陪修搀扶下，艰难下地，面对艾薇三个人，满脸羞惭。司望舒说："我知道你的眩晕还没好，是为了让林晓筱高兴。以后你不要事事都依着她——你越惯她，她越欺负你！跟她小姑姑一样！"

艾薇拉着有说有笑的林晓筱舍不得撒手，司望舒回头见酱紫也出神地看她们，拍拍她说："羡慕了很多年，是吗？"

酱紫叹了口气，司望舒低声说："不必羡慕，都是有代价的。"

司望舒叫艾薇："走吧，不能让资本家等我们。"

艾薇勉强维持着淡定，一出杂树林，抓住司望舒的胳膊："你真是神通广大，这才几周——晓筱那么抗拒——她说什么了？她为什么病？怎么好起来的？"

司望舒笑着抽出胳膊："好啦！找时间跟你细说，办你的正经事要紧。"

盛夏温度，艾薇抱怨走得妆都花了，说话间进了片竹林，凉意森森，汗很快就下去了。艾薇站下，拿出粉盒补妆，环顾四周说："这儿倒凉快——屋顶挡住真的天，弄出一片假天空，造风造雨，还要调出不同的温度来，图什么呢？"

司望舒笑笑，艾薇这话，其实是在喟叹风雨凉热背后不菲的费用。艾薇的粉扑停在脖子上，沉脸看司望舒："你笑什么？"

司望舒知道艾薇在缓解上阵前的紧张。她穿了那套宝蓝底子纳纱绣喜相逢团花的高定裙子，据说设计师为这条裙子几次去故宫看服饰展，团花不在胸前，在斜裁的裙摆处，图案中的几痕明黄纹路与颈间的金璎珞相呼应，仿佛一条见首不见尾的金龙钻进裙子，缠出了玲珑腰身——战袍金甲，她果然是来打仗的。

司望舒叹了口气，上去拿开她的手，从脖子上摘了那套金饰，放进艾薇的手包里，摘下她别在头发间的那颗鸡油黄的蜜蜡发饰，卡在斜开的襟前，口中提醒她，今天主席请的陪客是海中旅游和海中地产的两位总裁。旅游和地产是海中集团盘子最小的两个子公司，旅游去年股票表现不好，地产还没有上市，嚷嚷了几年的"文化＋"……司望舒拉起艾薇的手："现在，文化她老人家本人，来了！"

艾薇笑了。两人一起走进竹林深处的敞轩，完成介绍寒暄，司望舒就退场了，她不在，艾薇会更挥洒自如——那点儿莫名的羞，来自艾薇内心深处，但她总歪派司望舒影响她，司望舒也就笑笑。

除了自己，司望舒观察最为长久细致的人就是艾薇。看着她赤足在荆棘丛中奔跑，看了这么多年；看着她解完一重困再破一重局，仿佛有用不完的聪明；看着她面对岁月，不肯退让分毫的美丽——你以为她要凋败了，展眼再看，她又光艳如初了……只是这一切，不会无缘无故……油尽灯枯的黯然结局到来时，以艾薇的心性来说，太难接受……此刻思之无用，司望舒走出竹林的时候，就让那点儿忧虑，散在了迎面而来的热风里。

艾薇带着薄醉午宴归来。司望舒的办公室隔壁就是她住的套房，绕过办公桌后屏风遮挡的门，可以直接过去。艾薇进带卫生间的主卧卸完妆、换好衣服来到套房的小客厅，酒店 A 区的服务生送来了一杯咖啡，还有未拆包装的高尔夫球服、鞋和帽子，司望舒也从办公室进来坐下。

艾薇端起咖啡来喝，含混说："约好三点去打球。"

司望舒端详艾薇："看来很顺利。怎么显得有点儿歉疚……"

艾薇放下咖啡杯："很歉疚——没想到，我搅了你的清净道场！"

望舒心灵生活馆这种天然不合时宜的地方，存在了三四年，已是难得，能由艾薇来收尾，也算是难得的因缘……司望舒觉得心里一松。

艾薇带着不安和慌乱摇晃她的胳膊，司望舒回过神儿来，忙笑了："不是你我的事儿——风园的地，政府批的是文化用地，还给了一部分配套投资，现在的定位，很难摆脱高档会所的嫌疑，开放、转型是必然的事情。二期的雅园、颂园的方案，本来上一任主管领导已经同意了，没来得及签字他出事儿了，继任领导来风园考察了一次，回去否决了雅园和颂园的方案。施工证办不下来，配套用地上的商品房和综合体也动不了工——你是来帮忙的，不是来捣乱的。"

艾薇松了口气，随即埋怨："你早告诉我，我还能再加点儿价！"

"现在也不晚。对于海中来说，董事局主席不会花一顿饭外加一场球的时间，只跟你谈'孙子公司'下面的一个小项目的。"司望舒说。

艾薇端起咖啡一口气喝完，开始打工作电话。

司望舒站起来，指着主卧，对正打电话的艾薇说："不用看我也知道会乱成什么样子，去打球之前，把战场清理干净！"

司望舒有个两点钟的单人课程，约课的客人，就是上午唱昆腔的灰衣女子。她已经是巩固阶段，相对比较轻松，下课时司望舒告诉她不必再约课了。司望舒走回办公室，发现套房的屋门开着，朝里看了一眼——她也没指望艾薇真会清理战场，虽然艾薇答应时拼命点头。司望舒呆住了。小客厅沙发上摊着四五套罩着防尘袋的裙子，地上一堆鞋盒子，茶几上还放着个三层的螺钿首饰盒，一个玫红的无纺布收纳盒，艾薇的助理从卧室里掬着要扔的球服球鞋的包装盒出来，不好意思地说："司老师对不起，艾薇总要换衣服……"

活得如交响乐般浩大，艾薇啊……司望舒不想让艾薇的助理尴尬慌乱，立刻退了出来，回到办公室去做自己的事了。

司望舒在电脑上填完刚才那女子的记录，点结束课程，工作流程系统会通知客服中心，协调安排离开的时间和方式，减少刺激平稳过渡……最后一个蓝色的未完标志消失了，屏幕上一片灰白。

有人轻敲开着的办公室门，司望舒闻声抬头，门口那人拎着三个大购物袋抱着一大捧花，朝司望舒笑着伸出手，自我介绍："司老师好，乌迪。"

司望舒忙把她让到隔壁套房，乌迪环顾小客厅，笑道："侵略者来了！"

2

盛世薇光团队，当天就"进驻"了风园。

艾薇再次出现在司望舒办公室的时候，换了条抹茶色的真丝无袖长裙，松松地系着秋香色手编腰带。她近乎是冲进来的，腰带的流苏穗子飘起，挂在了瘿瘤木茶海不规则的边缘上，只得停下小心地去解那团丝线。

司望舒扣上了电脑："干吗？慌张成这样！"

艾薇说："惹你不高兴，被扫地出门，急着过来道歉呀！"

乌迪是被艾薇叫来开会的。她提前买了食材，向司望舒提出了个"不情之请"——借用厨房。司望舒让服务生拉了辆行李车上来，装上艾薇的各色行头首饰化妆箱，先拉去了开给她们的客房，再带乌迪拉着食材去风园里的小厨房——主席今晚没客人要招待，跟那里的主厨对接一下，乌迪就可以用了。司望舒让助理通知艾薇，打完球回来直接去房间洗澡换衣服、化妆，然后去吃午饭的地方吃晚饭，司望舒开始整理自己的资料，没想到艾薇又跑了过来。她嘴里说着是来"道歉"，司望舒知道她实际上是来"报喜"的。

艾薇走到她身边，倚着桌边，低头摩挲着胳膊上缠的一长串细小的冰种黄翡珠子，说得颇为矜持含蓄，最后爱娇地推推司望舒：

"陆离晚上带团队过来，明天一早开始谈判，给我个小会议室呗。"

司望舒拿起艾薇的胳膊，一圈一圈地解下那串珠子，莹润透明，触手生凉。司望舒摩挲着珠子，看着艾薇："我安排好了和你们对接的负责人，心灵馆的收尾一周之内应该能完成……"

艾薇愣了："你未卜先知？"

"未卜先知，谈不上，不过早晚的事儿。五月份我就开始在做结束的准备了。"司望舒笑着，她把那串珠子拍在艾薇手上，"走吧，咱们去鉴赏乌迪的厨艺。"

艾薇挽着司望舒朝风园走："我真不喜欢这个乌迪……"

司望舒说："也不能勉强你喜欢，今天我见了，还算正的一个人。"

艾薇站下了："你不知道她有多恶毒、刻薄、阴暗——骂我龙团凤饼婊！她还正？弯弯肠子不要太多！她这次和陆离一起设计余菲菲。余菲菲最后拿到的钱，买不回当初卖掉的那套房……"

司望舒叹了口气："你比谁都明白她的真假邪正，可你还是心里不舒服！"

艾薇笑了，挽起她的胳膊继续走："你好可怕！"

那片竹林是从淇澳竹林蔓延过来的，里面藏着那个小小的竹栏敞轩，敞轩内的餐桌已经布置好。乌迪带来的花插满了敞口玻璃花缸，怒放的深红色重瓣雏菊，衬着暗绿色的桌布，朱碧两色浓郁得像在流淌，音乐一般溢出了物的边界，那是遥远异族民歌里听不懂原委的甜蜜忧伤……

花下是伏在桌边发呆的酱紫，像是感觉到了司望舒凝视的目光，回过神来，对着她们一笑："晓筱非要回去换掉绿T恤，她不能忍受自己和餐桌撞衫。"

艾薇笑着看司望舒，央告地晃晃司望舒的胳膊。司望舒知道她还是想问晓筱如何好起来的，故意笑着说："你这一路撒娇，还没够？酱紫看着呢！"

敞轩和小厨房之间有一条廊子连着，两个服务生一个推着放凉菜的餐车，一个抱着装酒的冰桶沿着廊子走过来。乌迪端着杯白葡萄酒跟在后面，她喝了一口，环顾四周："在这儿做档美食类真人秀吧，厨房很漂亮，也好用！"

艾薇笑着说："你也考虑一下司老师的感受，这么肆无忌惮！"

乌迪走过来："司老师已经用笑脸欢迎侵略者了！"

乌迪在桌边放下酒杯，对冲着花发呆的酱紫说："贝加罗雏菊，漂亮吧……"她的目光落在酱紫搁在桌边的手上，愈合后的伤口留下了很淡很细的一条疤痕，有些惊讶地笑着说："哎，有爱情线嘞！"

酱紫跟着被拉起的手站了起来，随即又软软地倒了下去，乌迪一把抱住她，司望舒绕过桌子，掐住酱紫的人中，和乌迪一起托着她坐回椅子上，很快酱紫就苏醒过来，趴在桌边。林晓筱换完衣服回来，跑到她跟前："你又晕了？"

168

酱紫羞惭地说："我真扫兴……"

乌迪走到了敞轩的边缘，拿出支烟，司望舒抬头说："进来抽，敞轩里监控拍不到——来这儿的客人常有抽烟的，这里装了排风系统。"

乌迪默默抽完烟，又进厨房去看热菜，司望舒等在厨房门外，等乌迪出来，悄悄告诉她一会儿如何玩游戏，乌迪起初有些吃惊，听完一下把司望舒抱起来转了一圈放下。桌边的人都在看，等她们过来，艾薇瞪着司望舒："你跟她说什么？"

乌迪笑道："司老师说她对我一见钟情，我说 me too！"

大家都笑，只有艾薇木着脸抿抿嘴，没搭理乌迪。司望舒不管艾薇，招呼大家开餐，服务生倒酒，桌边除了司望舒、艾薇、林晓筱、酱紫、乌迪，酱紫和艾薇各自的助理，还有司望舒叫来的林晓筱的陪修小林、小夏，九个女子团团坐了一桌。司望舒先敬乌迪，赞美乌迪的厨艺惊才绝艳，众人纷纷附和。服务生给司望舒拿来了色盅，司望舒说咱们来玩 "kiss kiss" 吧。

酱紫的助理倒吸一口气："司老师也太潮太酷了吧！"

艾薇被助理科普游戏规则，立刻反对："疯了吧？你我跟她们玩夜店游戏？"

司望舒说："你闭嘴！举手表决——哎，你们不想看高贵冷艳的艾薇总 kiss 吗？——少数服从多数！"

艾薇看着齐刷刷举起来的手哀叹："这是最可怕的人类

游戏！"

游戏规则很简单，掷色子，掷对点儿的两个人喝酒、互吻，可以吻额头、脸颊、嘴唇和脖子。酱紫的助理和小夏就吻嘴唇和吻脖子的意义发生分歧，激烈的学术碰撞被司望舒打断了："流派不同，咱们搁置争议，各吻各的意思！"

从司望舒开始，大家轮流掷。艾薇和小夏先对了点儿，喝了杯酒，互相亲了脸颊。小夏亲艾薇的时候，让小林帮她拍照片，性命担保不发朋友圈。几圈下来，四瓶白葡萄酒消失了。有一轮是乌迪吻了小林的嘴唇，几个女孩子尖叫着拍桌子，酱紫的助理抗议乌迪为什么只吻她额头。乌迪回答说："把你脑壳里的松子儿吻成花生仁儿，至少不会再把酱紫一个人丢在夜店里了！"

两轮后，酱紫和自己的助理掷对了点儿，她们俩嘟起嘴唇接吻，还举着手机自拍——林晓筱就过去给她们捣乱，三个人笑着滚在一起。闹完了继续玩儿，酱紫掷了个六点，司望舒胡乱掷了一下，起身走走，隔了四个人是乌迪，乌迪掷完，走到她身后的司望舒伸手摁住了色盅，揭开一半，抬头笑说六点。

乌迪走到酱紫身边，酱紫也站了起来，两人碰杯，乌迪让酱紫选"姿势"，小林小夏开始"污污污"地拍桌子起哄。酱紫竟然吻了乌迪的脖子，乌迪夸张地靠着敞轩的栏杆，说晕，多巴胺瞬间分泌太多处理不了……

敞轩里灯初亮时，已经近八点，艾薇的助理告诉艾薇，陆离他们半个小时后到。只有乌迪和艾薇去开会，司望舒陪她们去会议室，艾薇笑着说："折腾我们一晚上，就为给酱紫实施'脱敏'疗法？"

司望舒说："不是，主要是为了看你羞羞答答被小姑娘调戏！"

艾薇笑着啐司望舒，忽然正色："你们的会议室不会也……"

司望舒说："只有风园和 C 区特护房间装有监控，会议室和所有工作人员的办公室以及酒店其余房间，都没有，公共区域才有。放心密谋，明天见。"

把艾薇的人关在了门外，走进卧室，艾薇残留的香水气依旧浓烈，仿佛她又跟了进来。艾薇最近几年专用一款 Bijan 的香水，非得说是木香龙涎的味道。司望舒意识到自己有些隐约的焦躁，她开始检查原因。

似乎和酱紫有关。今晚充满性暗示和性炫耀的游戏营造的场景，酱紫的初步反应是积极的，说明自己对她"心灵场"能量文化符码的辨认和引入符码的选择，都是对的。接下去的治疗相对就容易——不管用什么能量维持了"心灵场"的正常阈值，就是"修复"成功。司望舒不会用文艺的眼光分辨什么残酷温暖阴暗光明，更不要说道德眼光里的高尚卑下自私无私了……不然积累下来这三百多例不同程度"生效"的实验对象，足够挑战司望舒自己的心灵场阈值了。

为了这场颇具规模的实验，司望舒的确挑战了自己的现世规则。

望舒心灵生活馆里一部分客人是实验对象；很少一部分是重视生活条件、选择常规治疗方案的普通客人；另外一部分则是"金主"，他们的无聊空虚维持了生活馆的运营——弄些"冥想""正念"，包括催眠之类的小机巧，对司望舒来说不是难事，佛禅中医、显宗密宗，她也拿来做手段营销课程了。只是她做得克制，谨慎，隐秘——事实上，除了她自己，谁也不知道那些客人有什么质的区别。当然，遇到不能承受费用的理想实验对象，司望舒就代为支付费用——这几年，她在客人和陪修们眼里，越来越像菩萨了。

这场实验能推出的结论，就像那块暗绿玻璃碟子的香茅艾草皂一样，触手可及，只是手伸过去，却感到了森森的阴冷之气……司望舒察觉到自己内心在抗拒，立刻告诉自己，那就多退一步，放弃这个显而易见的结论，回到实验素材本身，重新研判。压力消除，诸多蠢蠢欲动的浮念随之消停，洗漱上床，略自调息，也就安眠了。

急急的敲门声和外屋办公室的电话铃声同时在响，司望舒刚醒时还有些疑惑自己在做梦——她到无梦深眠的状态已经有几年了——自己对风园的执念如此之重，竟有了这样的梦境？也就一念，她随即清醒了，起身去开门。乌迪穿着件大T恤，光着腿，头发还是湿淋淋的，脸色凝重，合上手机，进门随手关上了门，递给司望舒一个信封，里面有一个优盘和一张打印出来的纸条：退出风园项目，否则后果自负。

　　乌迪说:"艾薇、我、陆离三个人房间里有,公司其他人确认过,没有。这里面,是视频——是艾薇……"

　　司望舒蒙了一下,随即冷静下来,打断乌迪:"不必说了——艾薇怎么样?"说着就往外走,乌迪跟在她后面说,艾薇就说了一句去找司望舒,再也不肯说话了。司望舒表情淡定地一边走一边追问着乌迪细节,不知步子是不是走得太急了,踩到裙摆跟跄一下差点摔倒,她随即扶墙站稳了……

3

艾薇眼皮渐渐停止了抖动，她在药物的强迫下睡着了。司望舒从艾薇的手里轻轻抽出自己的手，离开房间，轻敲对面乌迪的房门。

房间里不只乌迪和陆离，还有酱紫，酱紫正在盯着电脑屏幕，不断用鼠标调整，细看那段录像。乌迪忙解释："司老师，酱紫心很细……"

酱紫定格一帧画面，仰头说："这不是监控录像，是有人拿手机对着显示屏录下来的——放大画面，仔细看，屏幕上那人的影子……"

司望舒略松了口气。心灵生活馆与酒店的监控是分离的，主控界面只有在她办公室的电脑上才能打开登录，无论是调看、复制、删除都只能由她来做。中控室只能看到公共区域的画面，但是风园属于公共区域。那晚她打开电脑，本来是要拷贝单人课程的录像资料，打开公共区域界面随便看了一眼，深夜时分，一片黯淡的园内只有乔松区域的画面是亮的，说明有人在。她点开放大画面，看到了乔松岗下茅屋内的艾薇和左后卫……

司望舒愣了一下，迅速退出画面，登录主控界面，输入口令关闭了乔松区域的监控，然后调出录像进行彻底删除，退出登录，关闭电脑，一路疾走到中控室。敲门进去，发现值班的两个安保人员在。一个略显尴尬地朝她笑笑，叫了声司老师；另一个则假装在看一墙的监视屏，听到她的声音，才扭头示意。

司望舒认出了笑的那个人，是左后卫的表弟，沾表哥的光才有的这份工作。那位表弟抢先说："司老师您放心，我们不会乱说。"

看来事情就出在这个"不会乱说"的表弟身上。司望舒拿起房间的电话，打给总台，果然——左后卫今天入住了，司望舒问了房间号。放下电话，司望舒对着酱紫说："回去睡吧，你别跟着熬了。"

酱紫站起身，认真说："我觉得这段录像根本没有威胁，尺度也就到 kiss……"

乌迪哼了声："真是有代沟——大人说话，小孩儿不要听，快回去睡觉！"

酱紫乖乖地走了，司望舒简单说了左后卫的身份以及其中的利害关系。风园一期策划案原来的定位是传统文化与中医养生，在寻求技术支持时左后卫在中医药大学碰上了司望舒，这才有了后来的望舒心灵生活馆。左后卫团队做了五年的二期雅园颂园方案被否定，他还在紧急修改——显然今天知道自己出局了。

陆离说："这个左后卫倒不可怕——我去谈。只是消息透得这么快，说明我们要蹚的这摊水够深够浑。司老师，您千万得给我们保驾护航啊！"

司望舒笑笑，留在乌迪房间和她一起等陆离谈的结果。

乌迪捏着那张纸条。"这个操蛋的世界啊！就躲不开这种拙劣又狗血的剧情！"她点烟，顺便用火机烧掉了那张纸条，"没指望活成史诗，活成篇有点儿思想逻辑的小说行不行？混到四十大几，连装逼资格都快混没了！"

司望舒颇有意趣地看着乌迪："乌迪老师还想过要活成史诗？"

乌迪笑着说："不是抓过理想主义的尾巴嘛！咱们是同龄人——你看陆离，无情无义唯利是图一混蛋吧？还想跃迁到移动互联世界继续办《新青年》呢！"

乌迪熄灭了烟，颇有些郑重："司老师，我是个俗人，不敢说劝您，学一句舌：粉墨登场笙管浓，谁知槛外雪花重——您下凡帮帮我们……"

"什么槛内槛外，这话我不配……"司望舒摆手，她意识到自己的急切会被误解成矫情，放缓了语气，"乌迪，咱就不老师老师瞎客气了。我知道自己……"

乌迪说："你至少得帮艾薇过道坎儿——不是今天这事儿，这是意外……"

陆离回来打断了她们的谈话，显然事情得到了圆满的解决。陆离敲门进去，态度强硬，直接告诉左后卫他们公司要报警，敲诈勒索是刑事犯罪，如果他们这些业余侦探不到半个小时就能找到他面前，警察破案会更容易吧。硬的来完来软的，陆离替左后卫感到遗憾，和艾薇有这份情谊，何苦被人当枪使。因为接下来他合作的甲方，不是现在透露消息给他的人，而是艾薇。盛世薇光要与海中文旅地产版块整体合作。艾薇是念旧重情的人，希望左后卫能明白。左后卫最后几乎是感激涕零了，不仅当场删掉了手机里的视频，还竹筒倒豆一般把自己知道的海中内部人事关系说了个够。陆离笑着说："一个很天真的老人家。"

那段视频是他表弟录了发到他手机上的，原本是开玩笑。左后卫当时没看见，后来也吓了一跳，他表弟说司老师处理过了，他才放心，逼着表弟删了录像，他自己却没舍得删——今天听到消息，脑子一抽就想出这么个昏招。

这样的昏招，是左后卫大脑皮层的化学电信号与周遭充斥着拙劣狗血剧情弥散出的信息场能量交换的结果……艾薇永远跟这些不堪的人和事绞缠不清……

司望舒回到卧室，斜倚着床头，艾薇的香水味还在——艾薇怎么就闯进自己的世界还赖在那里不走了？

不知道自己为什么厌烦透顶还会大冷天在雁栖湖边陪她到半夜，听她为一段庸俗肤浅的情感喋喋不休；不知道为什么接到她一个含混不清的电话，就闯进酒吧从一群说不清是艺术家还是流氓的家伙手里把嗑了药的艾薇抢出来，伺候她吐了一夜，第二天等她醒来，扇了她一耳光……

与其说不知道，不如说不想承认——黑暗中那股味道幻化出了艾薇，翩然如蝴蝶般轻轻落在她身边，她甚至能感觉到那股所谓木香龙涎里肌肤的温热……司望舒跌落时很清楚自己没有睡着，她摔得很实在，半天没能从地板上起来——颠倒梦想……

司望舒慢慢起身，深吸一口气，左肋下有一处隐隐作痛。她走到小客厅，烧水给自己泡了一壶菊花，玻璃壶里慢慢舒展开的金丝线菊，一朵就占满了小巧的壶身，水与玻璃都分有了花的颜色……

次日一早，司望舒去敲艾薇的门，没人应，她找服务员打开房门。艾薇醒着，手里握着手机，躺在床上，看见她进来，丢了手机，一下缩进被子里去了。司望舒拿起滑落的手机，手机还停留在微信界面，陆离把事情结果告知艾薇，早餐碰面时，有些想法要请示。司望舒把手机放在床头柜上，笑说：“知道晓筱是怎么好起来的吗？我们俩一起读《红楼梦》，她就好了。”

艾薇掀被子坐起来：“你瞎说八道。”

司望舒说：“你要相信科学。我们才读到第二十五回——《魇魔法叔嫂逢五鬼，通灵玉蒙蔽遇双真》。”

艾薇歪头看着司望舒，似乎在辨析她是在开玩笑还是认真的，司望舒笑起来：“快起来，不还得打扮半天吗？今天，我陪你参加会议。”

艾薇出现在西餐厅，那点儿郁郁的情绪被白粉绿黛遮得严严实实，只有司望舒注意到了她不断抿起来以至于破坏了唇线的嘴角。陆离完全在用汇报的语气和措辞谈自己的想法，艾薇默默地听着，喝着咖啡，乌迪起身给她端了一碟甜点一碟水果，艾薇吃了颗葡萄。陆离和乌迪都是聪明剔透的人，态度自然要越发恭敬。

司望舒也就参加了第一天上午的会，下午给酱紫做了一次完整的"心灵修复"，完成林晓筱的出院报告。至于别的客人离开的事情，酌情协调就是。

三天后，关于风园项目的合作协议签署。虽然协议内容还是酒店公司以购买服务的方式委托盛世薇光团队完成风园一期的内容转型和二期的内容建设，但在当晚的晚宴上，已经有人在讨论呼之欲出的"海中薇光文旅集团"了。

司望舒去露了一面，心灵生活馆完成历史使命，司望舒与海中方面彼此表达感谢。回到办公室，全部资料备份已经装箱，贴着封条，电脑已经彻底格式化，自己的东西有限……有人敲门，门外站着不好意思的酱紫："司老师，您有时间吗？我想和您……聊聊。"

捧着司望舒给她沏的菊花茶，酱紫说她读了《延展心灵》。"读不太懂，稀里糊涂地看，好多术语，上网查了解释还是不懂……"

司望舒笑了："'以我昏昏，怎使你昭昭？'师妹要做项目，她翻的中文，心理学术语就这样，比喻、借用，还有生造的，很难弄——这种书，你不必看的。"

酱紫说："我还是觉得很神奇——心灵不是以人的皮肤为界的，也不是以身体为容器的，人的认知是神经系统、身体与环境之间动态交互的自组织过程。我，是一种'场'式的存在，心头一念，可能是被千里之外百年之前某个故事中的某句话牵引控制，也许自己都不知道那句话……如果'我'，是因果耦合变动不居的能量交换'场'，是不是不断引入好的能量，'我'就会变好一点点？"

司望舒笑了："延展心灵观只是一种假说——其实，人类目前对'心灵'，认知、意识的了解非常有限，没有共识。不过作为生活中的人，笛卡尔主义那种'我思故我在'的主体性观念，是思考的基础——不需要知道就会这样做，人很难接受一个不独立的自我——你的想象很有趣，有点儿像做环保，多种一棵树，少开一天车，就多一点儿蓝天……"

酱紫也笑了。

司望舒给酱紫续茶："自然生态也没这么简单，既然是耦合，就不会遵循线性因果论——延展心灵观基本的问题都没有解决，只是启发了我的思路，至于我所谓的'修复'，那只是比喻……"

"第一次见到您，您给我讲过化城喻……"酱紫捧起茶杯，"我现在才知道，那时候，您事实上已经给我做过一次心灵修复。"

化城喻，是司望舒经常用来宽慰人的佛教故事——幻化的城，却能提供真实的庇护和憩息——需要这个故事宽慰的人太多了，包括司望舒自己。拿着无形的手术刀去拨弄、切割、缝合那些"人心"久了，她需要这样的故事来抵御不知来处却浩大无边的虚无……这场谈话从有趣走向了危险，司望舒想结束它。

"书读多了心思多。"司望舒笑着说，"你这样会把自己绕糊涂的。你不能拿理解有限的概念来检查自己的心，就像你不能查着百度百科，给自己看病一样，会出事儿的。"

酱紫也笑了，放下茶杯："我小时候——年轻的时候，身边都是很糟糕的事和人，我就觉得自己跟他们不是一国的，我属于一个更好的地方，属于更好的一群人。后来我发现，我曾经以为更好的那群人，和我以为很糟糕的那群人一样，没有更坏，也没有更好，真没意思。人活着总该变得更好……"

"别忘了这个念头，去做想做的事——follow your heart！"司望舒起身抬手，做出拿那句英文当口头禅的脱口秀演员的经典手势。

酱紫又惊又笑。"您也看这个？！"她也站起来，"您是我见过的最完美的人。"

4

镜子里，笑凝固在脸上，司望舒用力搓了搓脸，才让略显怪异的笑脸消失了。酱紫离开了，但她那些子弹一样的问题却留在了司望舒的身体里，司望舒像迟钝的无痛症患者一样，低头看见伤处才知道——司望舒立刻盘腿坐在地板上，调整呼吸，收摄心神……

"So？"耳边响起那人的声音。

六年前，桑耶寺廊下，他和她并排坐着，在暮色中看着低头走过的僧人手里不停转动的转经筒，司望舒低声说："都是徒劳……"

"So？"他扭头看她。

司望舒没有应他。徒劳又怎样？不怎么样——司望舒何尝不知道自己穷其一生做的事，也是一场徒劳。

十二岁之前司望舒的人生基本设定是这样的：远在新疆的父母，死于一场车祸，一岁的司望舒被舅舅抱回来，交给了姥姥。小学毕业那年的暑假，舅妈和舅舅打架，被打伤的舅妈吼叫着早晚我也学你妹妹，杀了你。听到这句话的司望舒只问了一句，我妈杀了我爸之后呢？舅舅扭头冲出了家门，舅妈搂着她哭——司望舒的妈妈疯了，至少司法鉴定是这样。更荒唐的是，跟着舅舅回到老家的疯妈妈，第二年竟然在家门口丢了，大家猜测多半是被拐卖了。

　　司望舒的世界和这个世界中的自己，就像一面巨大的镜子，无声无息地碎了。当然，另一重世界景象和另一个自己，也随之出现，但是十二岁的她，凝视着，摸一摸，瞧一瞧，疑心那是另一重镜子……她不曾与任何人谈论这种疑惑，她也不愿意清理掉那些碎片，她以与年龄不相称的耐心与审慎，花了很长时间去辨析那些碎片。填报高考志愿时，一贯温顺听话的她，谁的意见也不听，坚持选择了将来要被分到精神病院的专业——这是不能商量的。司望舒进入专业领域之后，才知道自己所要解决的疑惑，是一项浩大到注定无法完成的工程，但她还是眼也不眨地把二十七年投了进去。

　　司望舒使用过几乎人类现有的所有心理学方法对自己进行认识和分析，她的情绪和心理状态在科学管理下基本是恒温恒湿的，今天竟然被一个懵懂女孩子的问题弄得寒热往来。即便问的人懵懂，问题还是问题。司望舒被那问题逼得一路东拉西扯找遁词，最后竟表演起来。她羞愧得头脸发烧，吸进去的那口气竟也变得滚烫直扑左肋，她疼得一下歪倒在地板上——足足等了两三分钟，才慢慢试着起来。看来前几天跌的比以为的严重。有过旧伤，司望舒判断可能又骨裂了。她慢慢呼吸，平躺在床上。掩埋在记忆深处的一个场景翻腾出来……

　　也是六年前，和那人进西藏之前，陪他去看望一位老师。司望舒甚至都不记得这位老师的姓名。她当时有了"延展心灵修复"的初步设计，尝试过一两次，没什么效果。那晚的谈话她基本没有参与，那位老师似乎是怕太过冷落她，问了她，司望舒就说了。老师听了，问了她一句话，为什么要做这个？司望舒很自然地回答，做研究。老师说，等到生效了，发心就重要了……她当时没有听懂这句话，轻轻放过了。

静静地躺了一夜，司望舒明白自己错过了什么……翻出电话簿，算算时差，拨通了那人的电话……

五点十分，司望舒拿着收拾好的简单行李到楼下上车，给艾薇发微信说明去向。一个小时之后，她已经在登机口候机，耐心地听完艾薇在电话那头的叫喊。两个半小时之后，她在四川双流机场上了一辆出租车。午后一点，司望舒已经在大佛禅院，面对着莫先生，吃下一碗素面……

司望舒今天才知道，老师姓莫。莫先生住在这里整理自己的文稿，每天佛学院的研究生过来帮先生打稿子——不熟悉佛教典籍的打字员打不了先生的稿子。司望舒当天下午就把自己变成了打字员。

莫先生看她打稿子，笑着说："读了这么多经啊。"

司望舒说："都白读了。"

莫先生说："不白读。"

两个多月后，司望舒收到乌迪的一条微信：望舒先生台鉴，蔷薇无花，光怪陆离——自执金戈自执矛，自相屠戮自张罗。先生但将窗外清凉，分半点与这热恼人间，慈悲慈悲，救我于水火！

司望舒看后一笑，她也正要回去，学校开学两周了，好在她带的研究生节后才开始上课。走前闲谈，听莫先生讲："同在禅院住的那个辟谷养生班，有个学员前一晚饿得睡不着，出来瞎转，先生见他可怜，就给了他一包苏打饼干，他转瞬吃完，看着空袋子说：'花八万块钱修行得来的道理，葱油苏打真好吃。'"

司望舒咯咯地笑。

莫先生笑着说："我本来还担心他会后悔偷吃——破了功，没想到，他竟然悟了！"

司望舒越发笑起来。

莫先生看着她说："听见你的笑声了。刚来那几天，你的笑没有声音——看来伤是好了……"

司望舒眼眶有些热，什么话也没说。

北京落地，来接机的不是司机，而是乌迪、酱紫和林晓筱。上车后乌迪笑着说："艾薇吃醋生气呢。说她打电话求你都不回来，我一条微信你就回来了。"

司望舒笑着摸摸林晓筱的头："你怎么样？"

林晓筱说："我辞职了。现在，我的老板是酱紫。"

司望舒对酱紫说："那你这个老板做得一定很辛苦。"

酱紫笑着说："再辛苦也比乌迪好受点儿……"

林晓筱插嘴说："小姑姑都朝陆离脸上扔投影笔了，乌迪凌空接住，哇哦，好精彩！"

艾薇竟然一改戏路，司望舒又是惊讶又是好笑。她问林晓筱，

"陆离怎么惹你小姑姑了？"

《艾薇女士的客厅》第五季策划案大改了三回，为了给陆离施压，第三次艾薇亲自讲的 PPT。乌迪说她都怂了——那就再做一季吧。陆离偏就杠上了："花钱费力招人骂，我是有多贱？"

艾薇当场就爆掉了。过后自然是陆离道歉，但他还是不肯让步，因为他要对董事长和公司负责。道歉成了辩论：只要流量不讲格调不顾底线，惹得麻烦还小？这是对公司负责吗？——什么都是假的，只有流量是真的！饿死的都是不识时务的假清高！艾薇一个"滚"字，终结了这场新媒体观念之争。自此乌迪就如婆媳矛盾中受夹板气的儿子，两边看脸，水深火热，连和海中旅游谈判这样的大事，都因为两个人的态度拖慢了节奏。

"陆离不是觉得策划案不好，而是想彻底停掉艾薇的节目吧？"司望舒问。

乌迪开着车："真人面前我就不说假话了，是。那次我说让您帮艾薇过一个坎儿，指的是这事儿。咱们去风园，明天《风之子》录半决赛和决赛，艾薇决赛要颁奖。不知道您看没看，节目上得仓促，效果还不错……"

林晓筱说："我们可火了！是今年暑假最火最火的真人秀！"

"有什么可炫耀的？几个流量鲜肉拉着嫩模小花，穿着不伦不类的假汉服满园子乱跑，能说清楚'关关雎鸠'，就是集美貌与才华一身的'风之子'——反正海中的钱，砸呗！"艾薇幽怨地看着司望舒，"回来你先跟我说节目？"

司望舒看看十人台的包间里只坐着艾薇、林晓筱她们三个，乌迪与酱紫都有事要忙——不忙她们也要躲。"既然说了，就说到底，"她夹了一筷子姜汁西芹，"撤吧，当盘被人嫌弃的菜，还不如不上桌。"

"不管曾经多受欢迎，下一秒就可能被嫌弃，这是做内容的命——我接受。十几个人弄一百个公众号，不是人在写，机器抓取内容，算法来判断推送，编辑不要脑子，就像工业化后纺织工厂的女工，来来回回看着机器就行——有点儿想法和创造力的编辑都辞职了。我不接受这个！优质的原创内容，才是新媒体的本命。"艾薇说到最后动了气，扭头看见林晓筱在弄手机，"林晓筱，好好吃饭！"

林晓筱默默放下手机，开始喝刚上桌的泉水松茸汤。

司望舒一笑："真是太阳底下无新事——中国有纺织厂快两百年了吧，缂丝云锦纳纱绣，没了吗？过去宫里的娘娘穿，琏二奶奶林姑娘穿，现在您老人家还在穿。不做无谓之争了，你也不是认真气这个。"

林晓筱喝完汤，胡乱吃了两口凉菜，就匆匆忙忙跑了。

艾薇用青瓷小勺搅着汤。"连晓筱，都是能躲就躲着我了——真成惹人厌的老女人喽……"她抬眼看司望舒，"我知道——抱怨才是衰老的标志……"

司望舒笑起来："别搅了，鸡汤凉了不好喝。"

艾薇丢了汤勺："听这银铃般的笑声——上了趟峨眉山，菩萨变妖精啦！哎，我说白素贞，别笑了……"艾薇忽然不说话了。

刚绕过挡门屏风走进来的陆离，开口说："看见司老师笑，我就放心了。"

5

艾薇与陆离的这场闹，半真半假。艾薇不肯低头退场，陆离坚决要停掉节目，这是真的。陆离人情练达，何苦正面硬杠？继续拖着就好了——反正也拖了大半年。艾薇多大的委屈都能忍，根本不会在正事儿上使气任性，这样的两个人偏就当着全世界打作一团，外人也许能信，司望舒却觉得太过"抓马"。就连两个人所谓的观念之争，多少都有些台词的色彩——陆离的文青心思，一点儿不比艾薇少；艾薇的现实考量，只怕比陆离还多。

司望舒在禅院看了两期《风之子》，还和莫先生讨论过。莫先生听后说，做的人有心。节目设计得糙，但构成"十五国风队"的队员，那些通过"创世"选上来的素人，展现了遴选者独到的眼光——都不是通常所谓的综艺咖，也不像艾薇鄙薄的那样无脑，给选手发挥的空间很开阔。有个选手就一首《蒹葭》，《毛诗序》如何说，朱熹如何讲，王国维怎么评，钱锺书如何分析，琼瑶如何改，我如何理解……口若悬河十三分钟。节目组一秒未剪，现场一片惊呼，满屏弹幕都是"不明觉厉"。陆离无异于在用一种挑战的姿态来规训观众的口味。不过他也没有冒险，当红"鲜肉"和嫩模来做领队，综艺王台请来的主持团队，收视保证还是有的。

第一季刚播四期，第二季的海选已经在"创世"上如火如荼地开始了。借着海中给的这桶水，活了"创世"这条大鲤鱼。一季《风之子》，鲤鱼跳过了龙门，谈判桌这边盛世薇光的身价，早不复当初了。

这才是艾薇和陆离敢闹敢拖的真实原因。

司望舒尽职尽责地当好了台阶，那两位也都款款下来了。三个人吃完饭出来走到大堂，值班经理跑出来给陆离道歉，折腾半天也没调出来房间——A区顶层的总统套房都被粉丝团包了去，节目组的工作人员全住在附近的快捷酒店。

艾薇忍着笑，故作淡然地说："要不，我让晓筱跟我挤挤？"

陆离笑着说："艾薇总，做人要厚道！"

陆离走了。艾薇挽起司望舒，笑出来："听我八卦啊，余菲菲这阵子都在微博上撞天屈、告地状。陆离不仅骗了她十八年青春，还设局骗她损失了以千万计的财产，乌迪、酱紫是帮凶。有录音有照片，协议文件银行记录，铁证如山……我也是才知道陆离跟酱紫还……奇怪，这次她倒跟没事人似的。"

司望舒微笑着说："不止吧？她应该会力挺陆离。"

"真是！"艾薇笑着说，"酱紫在微博上把余菲菲骂她的话一句一句怼回去。有一句很精彩——用自己女儿生日做手机密码，十八年没有改过的男人，变成了渣，只因为遇上了余菲菲这个人性粉碎机！比喻清奇，逻辑也让人无语。对了，陆离的女儿真是好，明天你能见到……"

司望舒说："就是'秦风队'里的那个会背《离骚》能尬街舞的女孩儿吗？"

艾薇站下看着司望舒："原来你还关心人间事啊——莫名其妙跑到庙里，吓我一跳，以为你真要出家呢！"

司望舒笑起来，"我又不是你——1997 年在二七路教堂，你决定受洗成为基督徒，还记得吗？被我拉走的！"

艾薇笑着叹了一声："我那无处安放的青春啊！"

"你不觉得，我们的青春，有点儿太长了？"司望舒把艾薇的话挡了回去，"我还没能进屋呢，放我歇一晚，明天啊。"

司望舒松掉了艾薇恋恋不舍的手。艾薇的强硬，底色却是惶恐。她在"坎儿"上——其实这个"坎儿"早就在那儿了，只是艾薇太聪明，太能干，一次一次闪躲成功。就算这次也不会例外，但早晚这道"坎儿"还会出现在她面前，迈不过去，就会跌倒……

第二天司望舒被艾薇强拉到主看台——看陆离的女儿，更看陆离的表演。

陆离参与的是所有选秀比赛必不可少的煽情环节——亲友祝福。他站在女儿的对面。

"看着我的小仙女，我自惭形秽——对不起，爸爸今天丢你人了。昨天跟摄像大哥，还有我们崔导，挤在速 8 的一张大床上过了一夜。麻烦摄像给崔导个镜头，大家看到了，比我还丰满，但我骄傲，为什么？节目太火，方圆五百里都没房间了。上午海中逼着开会，金主啊，那是我爸爸！能不听话吗？也没时间去捯饬，刚才想让化妆师给抹点儿粉吧，才发现胡子都没刮。忽然觉得这样也好，一个不堪、狼狈的中年男人，不算油腻，但也不够体面，甚至不够——干净。"陆离压着哽咽，狠狠地说出"干净"两个字，满是笑声的现场安静下来。"但他够坚强，够努力，只因为有你！宝贝，爱你！"他朝女儿张开胳膊，女儿轻轻地伏在他怀里，他搂着女儿，面对观众。

"感谢女儿，给我机会让我爱她——虽然我给出的爱不完整，破碎，千疮百孔……莱昂纳德·科恩说过一句话，我很喜欢，'万物皆有裂痕，那是光照进来的地方'。"

"多会演！"折腾完全部流程，艾薇拎着礼服的裙摆，被安保护着刚出风园的门，扭头就对司望舒说，"多会演！那件不合身的皱巴西服，专门找的！"

司望舒扑哧笑了："戏是假的，情是真的。就算情也是假的，理是真的。"

艾薇突然抿紧了嘴唇。餐厅落地窗前的水池上，金天领着两个孩子在看水里的锦鲤，林晓筱站在一旁打电话；她挂了电话，对金天说了句什么，匆匆往风园门这儿走，顶头撞见她们。林晓筱看看艾薇，转脸对司望舒说："望舒姑姑，看好我小姑姑，别让她把金天吃了——吃了我俩孩子就没爹了！"

艾薇气结，司望舒强拉她走了。第一季杀青的庆功宴艾薇都没去慰问示恩，脱了礼服，穿着衬裙窝在床上生气，司望舒就坐着陪她。

"你说理是真的，好！裂痕还不多吗？都成筛子了！光呢？光在哪儿呢？"艾薇捶着床，眼泪滚了下来。

艾薇的假睫毛掉了，粘在脸上，司望舒伸手替她捏下来，又难过又好笑。"裂痕，又不会发光。"她低声说，伸手把纸巾盒递给艾薇，"给你讲个我的故事吧。"

艾薇一下坐起来，擦了擦泪，顺便把那边的假睫毛也拽了，瞪着眼看着司望舒。司望舒笑了一下，学着艾薇文章的调子开始讲："……她强悍霸道拽着我，没让我自以为是地坠进冰冷的虚无里去。我很感激，那个十五岁走过来跟我说话的她；也很感激，四十四岁还像少女一样撒娇要我哄的她……"

"呸！我是熬鸡汤的祖奶奶！用不着你给我灌！"艾薇嘴上这样说，情绪还是好了很多，翻身下床，"看在你大抒情的分上，起来！"

艾薇走进浴室，一会儿探出满是卸妆油的脸："哎，怎么觉得你变了？"

司望舒嘴角噙着笑："骨头都摔出了裂缝，才透进来这么点儿光……"

春节前，司望舒来和艾薇告别，艾薇以为她又要去旅行，司望舒笑着说可能会久一些。有一个人，是她在斯坦福的同学，正在用司望舒"延展心灵修复"的实验资料建模——他邀请司望舒去工作。这个人，六年来都和司望舒相约旅行；如果司望舒过去，也许他们可以试一试共同生活超过两周会发生什么；虽然两人都不是很有信心，但冒一次险吧……

"司望舒！"艾薇尖叫起来，"你还有多少秘密？黄种人？白种人？黑种人？比你大？比你小——是男人吧？"

司望舒笑道："肯定是人类，常识判断是男性，医学角度就难说了……"

艾薇笑着笑着呛咳似的哭出来，立刻不好意思地抽纸巾擦泪，掩饰地拿起司望舒带来的档案袋，问："这是什么？"

司望舒说："拜托你转交给酱紫，作为委托人，我请她帮我寻找母亲。"

艾薇蒙了："你要上《名侦探酱紫》，一档网综节目帮你找母亲——你母亲不是你很小就去世……这是想治愈她，还是什么心理实验……"说着要开袋子。

司望舒阻止了她："我走了你再看吧，是我能找到的所有关于我母亲的材料，还有我写的事情原委……虽然知道会是徒劳，但还是拜托她去找……"

艾薇一直送到小区门口，她还要跟到地铁站，被司望舒拦住了。走过马路，司望舒回头，看到艾薇依然站在原处，浅白色石子漫铺的小广场空空荡荡，一阵携着尘土纸屑的旋风扑过来，艾薇侧身低头，裹紧大衣，越发显得伶仃……宛若那晚在风园虚室，她与司望舒站在林晓筱曾经倒下的那汪水前，一起朝下看，池底全是重重叠叠密密麻麻的各色异形石头，中间是亮的，周围是暗的。水波里光影动荡，只觉得幽森诡谲，龙蛇变幻……司望舒陡然心惊，挪开了目光，艾薇却执拗地走到了池中间的圆台上，低头，笑着说："该从这儿看，这儿打着光，看上去好漂亮……"

艾薇低头站在水中央，司望舒无意间抬头，穹顶上是天心明月——她知道那是影像，但又如何？穹顶之外，有真的天空……

煞
尾

　　《名侦探酱紫》，是一档很难定义的网络视频节目，综合了访谈、真人秀、民生调查与情感、法制类节目的元素。节目从摄影棚里搭建的"后真相侦探事务所"开始，委托人登场——委托人经过精心挑选。当事人虽然不是明星，却也是身份边缘或者"被标签"从事不被外人理解的特定职业，或者生活方式不那么主流。酱紫带着林晓筱展开调查——福尔摩斯身边有华生，波罗身边有黑斯廷斯，酱紫身边自然有"很傻很天真"的林晓筱……

　　节目环节设定类似大侦探波罗最后召开的"茶话会"：Ladies and Gentlemen，大家都坐好，凶手也坐好……在酱紫推理的过程中回放外景拍摄内容，揭开真相的瞬间，很多被邀请到现场的当事人也会不明就里，自然会产生各种戏剧性的场面。那期"我的暧昧男友"，男主是一名心理咨询师，单身，四十五岁，酱紫请他到直播间的理由是作为情感专家点评本期嘉宾，没想到接下去委托人现身，当面指责他情感欺诈。他冷静回应，说自己和女委托人虽然相识，互生情愫，但是成年人的情感太艰难，他最终没能拥抱爱情。交往期间他们只是互赠过礼物，没有任何经济来往，也没有发生过性关系，一没骗钱二没骗色，他欺诈了什么？

　　他的咄咄逼人让女委托人气得浑身颤抖说不出一句话来。酱紫说这个问题一点儿都不难回答，答案庸常且无趣——钱。但他的骗术却清新脱俗，精致得全然就是艺术，那就是"暧昧"。柔情无限的眼神，耳边的低语，体贴周到的小细节，恰到好处的小礼物，偶尔狂放一下的身体接触，发乎情止乎礼的尊重克制，幽默热情间杂似有心事的沉重冷淡，被感动时的慌乱无措。通常是收到心仪礼物时——他颇有一些收集的小嗜好，譬如说名表名笔名酒名烟名牌包……你和谁这么"暧昧"都不犯法，只是在助理的帮助下维持"暧昧"对象的数量规模，持续经营这样的"暧昧"关系，还有着稳定的礼物变现渠道。这是否犯法，就不是酱紫所能判断的了。酱紫团队根据所知的他的各种昵称、签名在交友软件中留下的踪迹，以及一年前离职的一个助理提供的线索，追踪调查后有限推定，遭遇他"欺诈"的人数应该在百人以上。而他所收礼物的价值，以委托人的礼物作为中间水平做保守估计，则可达百万元……

酱紫说，或许不该用"欺诈"这么原始落后的词语来描述他，他应该是位杰出的心理从业者，甚至开拓性地动摇了行业的边界。作为心理咨询师，他的治疗室兼收藏展示厅，用来接待的都是"暧昧"对象，但每个"暧昧"对象都以为自己是众多咨询者中特殊的"那一位"；即使她们出门进门偶尔碰到，都会礼貌地点头微笑，甚至不需要他进行额外的解释。他的助理严谨高效地安排着他首尾相连的"约会"。治疗室这样带着特殊情色意味的"约会"地点，引发联想，使得那些怀揣期待的女人，进门前就开始分泌多巴胺……

他通过角色扮演和场景设定，亲力亲为试图解决都市单身女性族群最大的心理问题，虽然这个不断需要投币才会出现的"完美婚姻对象"是个幻影，但至少曾经给她们安慰，就像看电影需要买票，参与这样一场如梦又如幻的浸没式戏剧表演，难道不需要买票吗？你给出的礼物就是票钱——购票有礼，他或先或后送出的礼物就是演出赠品。也许有人会疑惑装在松石色蒂芙尼盒子里的细小项链似乎没那么精致，但除了节目组的卧底，应该不会有人真拿去专柜和金店做鉴定，且按照款式找到义乌供货商，确认十条以上单价只需人民币五元。等到男主最近的"暧昧"对象登场，亲口讲述"卧底"经历，他终于恼羞成怒，起身揪打坐在旁边的酱紫。幸好警察、律师、医生和心理专家是节目的标配，酱紫虽然略显狼狈，节目却因此越发好看了。

直播版只在自家公司的APP"创世"上推，但剪辑版卖了三家大的视频网站——卖节目和商业植入，使得酱紫独立核算的小团队成为盛世薇光最受关注的业务板块。酱紫丝毫不敢大意，做内容的人，始终被"红桃皇后"定律笼罩着：你只有拼命奔跑，才能停留在原地。她选题剑走偏锋的时候越来越多，小麻烦缠身成为酱紫的日常，她也颇不以为意了。

乌迪的车受酱紫连累被人砸过一次之后，陆离不顾酱紫的反对，把节目选题的终审权交给了CCO。酱紫接受司望舒的委托，替她寻找四十年前疑似被拐卖的精神失常的母亲，酱紫基本就是按照"大海捞旧针"的思路设计的节目拍摄方案，成本高、难度大、风险不确定。CCO在汇报会上当场就给否了，建议暂时不单独做节目选题，只公布相关线索，等待传播效应，随时跟进，内容相对成熟时再做。酱紫却一意孤行不惜血本，一个月四次带着团队往返河南与北京。有一次差点儿耽误直播，被CCO严厉批评之后，不思悔改，接到有进展的线索电话又偷偷去了，结果在豫西山区被村民围攻，幸亏当地警察及时赶到才没出大事，回到北京后陆离找她谈话了。

更准确的说法应该是大发雷霆。经由酱紫"人脑后期剪辑"过滤掉全部脏话之后，大意如下："我们是内容公司，做的是娱乐节目，你当你是谁？轮不着你去铁肩担道义！愚蠢！不负责任！对自己，对团队，都是不负责任！"酱紫没有回嘴，默默地听着。被几辆机动三轮堵在山路上时，林晓筱紧紧拽着她的胳膊在她身后哭——那一刻，酱紫是真的又怕又悔。

司望舒否定酱紫的寻找方案，比CCO还要早。她告诉酱紫，她只需要酱紫帮她释放出"寻找"的信息，并不需要酱紫不计代价地去完成毫无希望的寻找。酱紫猜到，只怕司望舒还有别的用意，是和她的身世有关，但酱紫没有去问，她也明白，自己的这分执拗，已经与司望舒的嘱托关系不大，跟自己内心的某种挣扎和抗拒有关……

司望舒母亲失踪的那条老街都已经消失了，居民拆迁后散居几处，酱紫费尽周折找到也是一无所获。亏得司望舒表弟是当地公安局政治处主任，给酱紫他们提供了不少方便，但是依然没什么实质性收获。按照酱紫从省第三监狱查到的拐卖妇女罪服刑人员记录，仅只是时间上存在可能性的人员有三个，这些人刑满出狱后都下落不明，就是找到意义也不大——人贩子未必就认识人贩子，相比之下，买彩票显得靠谱多了。酱紫留下资料时也没抱多大希望，司望舒的表弟在她回北京后打来电话，说有一位相熟的社区民警无意间看到资料，说他们那儿有一个老太太就叫"丑女"——身份证上的名字，前几天补办身份证，他印象很深。酱紫当即就赶了过去。不是重名，就是本人——1989年入狱，1997年刑满释放。原本的郊县如今已经成为城区，丑女家回迁住进了这个小区。酱紫见到了年逾花甲的丑女。丑女倒没什么避讳，当年她很擅长从街上领走沦为"花子"的女精神病人——她也是好心，至少给她们找了个窝儿，冻饿不着，有的还生了孩子，过成了一家人家……国家倒为这个抓她判她。看着她眼睛里真实的无奈和委屈，酱紫问真有过得好的？丑女告诉她一个地方，让她去看。

酱紫真的去看了。没想到那户"幸福人家"的儿媳妇也是被拐来的——儿子遗传了母亲的精神疾患，只能如此解决婚姻。酱紫他们离开时就把偷偷向他们求救的儿媳妇藏在了车上，幸亏他们先报了警，警察反应又很及时，不然受伤的可能就不只是设备、手机和那两个护着酱紫与林晓筱的大男生了。

《名侦探酱紫》上线半年，总共二十四期，是2018年第一季度

"创世"流量第一的视频栏目，却再也没有了第二季。陆离叫停这个节目是"忍痛"，能有个赞助商指名给钱的品牌节目不容易，但酱紫用力过猛，陆离担心她惹出大事没法收拾。酱紫明白，很平静地接受了公司的决定。林晓筱的反应很激烈，和艾薇哭闹过两次，艾薇没理她，她也只能算了。

新栏目回到了摄影棚，坐而论道。陆离通过关系，联系了英剧《阿加莎·克里斯蒂的波罗》的版权方，谈了个合适的价钱买下了整个系列的素材使用权，开始做《酱紫读波罗》。

酱紫的痴人说梦成了真，她曾经说过想做这样一档节目，自我娱乐，不管流量。陆离竟然给了她如此奢华的一份大礼。这里面的善意与体贴，酱紫点滴在心，但她不会真的去享受"宠溺"，她知道自己的本分。节目面对的世界从三维降成了二维，从探索今人的真相变成了讲述异国过去的故事，团队也从十几人降到了三个人；但如何把旧事讲出新意和深度，趋时甚至成为热点，难度并不亚于寻找刺激的话题性事件。

如今两个人保持着得体且轻松的同事关系，以至于不明就里的人，认定余菲菲此前散播的陆离与酱紫的绯闻纯属谣言。乌迪拉着酱紫的手笑着调侃："有了爱情线，你倒消停了。"

消停了吗？似乎也没有——去年十一月，酱紫见到了前男友罗鑫，他和队友来北京参加英雄联盟的年度总决赛。两个人吃了顿饭，在适量的酒精和关于对方肉体美好记忆的帮助下，度过了愉快的两个小时。酱紫没有去鸟巢看他比赛，而是用那张票给团队的男生制造了足以导致对方昏厥的惊喜。接下来，生日，圣诞节，元旦，她不断收到曾经谈婚论嫁的"前前男友"的祝福。酱紫请教了百度，在同仁堂买了蛋白粉和西洋参，去看望了他依赖血液透析维持生命的父亲，他送她出来……小街上人来车往，又是那种春节前的混乱，酱紫看他，他连忙说："你不要误会，我没有别的想法。两年了，有点儿怕，有点儿累，不知道该跟谁说……"酱紫隔着厚厚的羽绒服，抱了抱他……

再见面的时候，已是暮春。他的父亲转院了。他的发际线有些后退，白皙的瘦脸，圆圆的眼镜，使他看上去像拉长了的哈利·波特。蓝条衬衣的领子一边窝着，酱紫伸手替他翻了出来。他笑了笑，接过酱紫手里的纸袋，说上回你买的，还没有吃完……他让酱紫等在住院部门口，他把东西送上去。酱紫很感激他的这个决定。酱紫不想面对的不只是病床上连着各种仪器和管子的老先生，还有床边的他母亲。上次见到了，老太太努力微笑着，竭力克制着悲伤的表情也克制着亲热的举动，慌乱躲闪的眼神里满是痛楚……

酱紫不知道他这次见面要说什么。那次见面后，两个人差不多每天都会互发微信，都是些淡的不能再淡的话——该吃饭了吧？是啊……今天有点儿累……好好休息吧……

他说很喜欢她的新节目，以前的太热闹，太现实……不只他喜欢，他们公司也产生了几个酱紫的铁粉，大多跟他一样，因为是

"阿婆"的死忠粉才看；还有一个被"安利"跟着看了一期，决定追是因为酱紫胸以下全是腿……

他笑着说："也难怪，你那不是裙子，只能算略宽的腰带！"

酱紫笑着捶他。

"还记得我陪你看《帷幕》吗？"他和酱紫沿着街边走。

《帷幕》是波罗的"最后一案"，酱紫一直想看却不敢看，直到和他在一起之后才看的：波罗亲手惩罚了一个法律无法定罪的"凶手"——用暗示勾起身边人心里的恶意刺激别人去行动，制造凶手的凶手——诺顿。

在他父亲的病房里，他遇到一个"诺顿"——陪护妻子的一位小学老师。这个"诺顿"四十多岁的年纪，身材发福，见人不笑不说话，就连被雇来的护工都说他妻子虽然倒霉得了这么个病，却有运气遇上这么个好脾气的男人。那位妻子静静地躺着没有一丝回应……

他很快就理解了那位妻子的反应。"诺顿"在护工去吃饭的时候来替班，擦着额头刚刚爬楼出的汗，抬眼看见下班后进病房的他，就笑着说："你们儿子真优秀啊，你说这几十万的年薪，又这么帅，那得有多少女孩儿追，要不是……这个病也不算没救，现在技术进步。我媳妇开始透析那年孩子小学还没毕业，现在孩子都快考大学了……"他看见正在给父亲喂饭的母亲的手顿住了。父亲现在意识很清楚，已经恢复自主吃饭一周了，只是还没摘呼吸机，不能说话，他焦灼地捶着床，母亲的勺子忙送过去，不知道是送得猛还是吞咽得急，父亲呛咳起来——监护器上的血氧指标开始下降。他忙摁下了呼叫铃，护士赶过来处理。病房里一阵忙乱之后平静下来，那个"诺顿"的声音幽幽地响起来："……有惊无险有惊无险，人哪有不出错的，人无千日好，再小心再小心一不小心……"

他强压住了要打那人的冲动，走过去安慰默默抽泣的母亲。父亲越来越容易惊恐暴怒，为了安全只能又插上了胃管。母亲的情绪始终是焦灼委屈的，却又不能对儿子发泄，一双眼睛被强忍的眼泪泡得红肿，视力模糊，却因为他为她花钱买了瓶舒缓镇定的眼药水生气，恨得自己打自己……

终于有一天，他下班进病房，"诺顿"正给母亲看手机上的视频——他从母亲口中套出了她儿子前女友的名字，在网上搜出酱紫的照片和视频来让母亲辨认。忍无可忍的他上去一把揪住那胖子的领子，拎到了走廊里，一拳打出了他的鼻血。母亲追出来拉他，"诺顿"擦了擦鼻血说："你拿我撒气有什么用？"

他当时被那冰冷却充满快意的眼神震惊了——他病态地享受着他们一家人的痛苦……他冷静下来，甚至道了歉，事后拉着母亲到一边，告诉她不要再跟那个坏人说话，母亲流着泪说，人家不坏，就算有些话让人难受，可也是实话呀……

母亲认为他在迁怒，着急、发怒、解释都只会雪上加霜，他只能笑着给母亲抹眼泪，催母亲回去做饭，他饿了。他们在医院旁边分租了一间很小的卧室，放了张上下铺的床，他睡上铺，母亲睡下铺；他上班的时候母亲在医院，下班后他来替母亲，出了 ICU，父亲的床边就离不开人了。这样的日子还要过多久，他不知道，母亲也不知道，没有人知道……

父亲的病是命运猝然加之的灾难，面对这样的灾难他不能躲，也不能怨——不是因为他强大，而是因为躲和怨，只会让外在的灾难引发内心的灾难，彻底毁掉自己的人生……也许很多人看来他的人生好像也被毁得差不多了，甚至他母亲都这样想，但他觉得还好。他推了一下始终低着头的酱紫，告诉她，盛世薇光去年上的那套内容聚合应用，就是从他们公司买的，而且是他的团队做的。酱紫仰头看着他，他笑了一下。白天疯狂培育着将要取代人类的机器，晚上回来则要面对父亲被机器维持的病躯……人的无限与有限之间的张力，撕裂着他也支撑着他。他试着和母亲谈，让母亲放心，他说什么母亲都点头，也说让他放心……他们都不敢去看对方的眼睛，生怕看到了绝望……

酱紫一阵心疼，想也没想就拥住了他，隔着衬衫能摸到他的骨骼——他比以前更瘦了……他轻声说好啦，酱紫胳膊搂得更紧，身体紧贴着他，他的身体立刻做出了反应。酱紫抬脸，嘴唇碰到了他的下巴，他低头就能吻到她，但他用力抓住酱紫的肩膀，推开一定距离，盯着酱紫的眼睛，半天才憋出一句莫名其妙的话："没事儿！"

酱紫也"没事儿人"似的回了家，然后滚在榻榻米上哭了个昏天黑地。乌迪在旁边伺候了她半盒纸巾，听她泪珠滚滚夹叙夹议两个多小时，最后蹦出句："哎，刚才没仔细看看，你这位前未婚夫头顶是不是有个发光的圈圈啊？理工文艺男加悲情凤凰男，那就是男人中的绿茶心机婊啊！"

还在抽抽搭搭的酱紫翻身坐起来，对乌迪怒目而视。

乌迪笑着点上烟："小姐，不是我脏心烂肺真这么想。既然不怀疑人家欺诈，你他妈有什么可哭的？换成我早就跪下来感激佛祖上帝老天爷啦！"

"就是感激才哭的！"酱紫又倒了下去，拿纸巾捂住了眼睛。

这场大哭真实汹涌，像开河后暴涨的黄河水，挟裹着冰凌泥沙，扫荡了岸边的枯草烂石，浩浩荡荡地冲过她的心……无边无际的悲哀、委屈、愤懑、无奈、忧伤……渐渐消融在心底那条越来越大的河流之中，依旧混混沌沌，浊浪翻滚，但水面越来越开阔……

他们此后依然在各自的轨道上，每天问候，偶尔一见。《复仇者联盟3》上映，酱紫知道他是漫威粉，约好去看的那天，他父亲症状不稳定，他不放心留母亲一个人在医院。酱紫只能拉着乌迪穿过大半个北京去看电影——特意选了离医院最近的影城。电影结束后，乌迪说："发了一晚上微信，想去见就去吧。"

酱紫说："他不让我过去……我也不知道去了好不好……"

那晚，在医院外面那条路上，酱紫来回走了三十分钟，乌迪抽完了包里的烟。她从路口买烟回来，拆着包装说："你他妈就是把这事儿分析到纳米级别，有个鸟用！真到事儿上，你就得简单粗暴！"

酱紫转身开始朝住院部大门跑，边跑边打电话，乌迪在她身后发动了车。

次日早上七点，酱紫回到家。乌迪想必是听到了声音，过来敲她浴室的门。酱紫裹着条浴巾，盯着镜子里依旧湿淋淋的自己。乌迪推开了门，酱紫扭头对她说："他父亲，刚刚，去世了。"

乌迪哦了一声，看着酱紫的表情，想问什么，咽了回去。

简单收拾一下，换了家居服出来到餐厅，酱紫跟乌迪讲了昨夜。她奔过去的时候，心思单纯到只有一个，看见他，抱住他……看见了他，抱住了他，他就在依然有人进出的楼道口，用几乎要吞下她的渴望用力吻她……他们没有坐电梯，在每个楼层转弯处停下来，疯了一样接吻……一直到六楼病房外，借着走廊的灯光，酱紫看到他下巴上有她的口红印儿，伸手去擦，他母亲正好出来，酱紫缩回手，不好意思笑着叫了声阿姨……

他自己用力抹着下巴嘴角，他母亲嘴唇哆嗦着，眼睛里有泪，还是笑了出来，说："别进去了，你叔这会儿睡踏实了。我守着，你们有事儿去吧……"

他跟母亲说一会儿回来替她，他们就在楼下，如果血氧再不稳定要立刻叫大夫，也要给他打电话……

两个人在向下的电梯里彼此望着，谁也没说话。酱紫拉着他一路奔向医院大门，左手边就是五洲假日酒店，酱紫彻底贯彻了简单粗暴原则，把他扑倒在房间床上之前，自己不问，也不容对方说话。酱紫从来没有这么彻底地把自己给出去，也从来没有这么充沛饱满的拥有感——肉身只是那个"我"粗糙的比喻，可惜作为人类，他们只有这种原始笨拙的方式，表达和回应……

十点一刻，他离开。酱紫翻来覆去无法入睡，起来穿了衣服，又走回到医院。住院部病房的正门推不动了，酱紫注意到侧门处有灯光，绕过去推开了。电梯只有一部没停，她摁下，等了很久，指示灯依然亮着数字6。不知道为什么酱紫开始不安，身后有脚步声响起时，她悚然一惊，转身，他母亲气喘吁吁走过来，看见酱紫怔了一下："闺女，你在啊……"

进电梯后，他母亲摁下了3——他父亲在三楼抢救。酱紫感觉电梯厢里的空气几乎是凝固的，他母亲没再说话，电梯门打开就迈步出去，步子又大又急……急救室外，他和母亲在低声争执，酱紫远远地站着，听不清楚，却猜到了他们在争什么……她没朝前走，转身奔回电梯，一路逃跑似的回到酒店房间，焦灼地等在那里，她也不知道在等什么……她不敢给他发信息，更不敢打电话……

早上六点，她收到他一条语焉不详的短信：刚刚，我爸走了。你回去吧。

乌迪听完，看着酱紫，半天说了两个字："怨我……"

酱紫笑了一下："你也有说不出话的时候。你的话也没错，只要行动，就是简单粗暴，没有模棱两可，只是——上天给每个人的慈悲与苦难不同，谁不在这个因果无常的网里呢？"

乌迪端了杯咖啡给酱紫："这话，一股司大夫的药味儿！"

酱紫推开杯子："我不能喝咖啡，吃药睡会儿，下午进棚录艾薇的节目。"

乌迪说："知道公司那些小孩儿怎么说吗？"

酱紫一边往卧室走一边说："知道！所以我得去，头一次录，按他们的理解调子一定偏，真让她'闲坐说玄宋'就麻烦了！"

酱紫的心脏在狂跳，太阳穴剧痛，她强迫自己吃了片安定躺下了。闹钟没响她就醒了，睁眼的瞬间，天地茫然，不知何年何月一身何如……她挣扎着起来，抓起手机看。早上斟酌半天，发了条安慰的微信，他没有回答——现在依然没有。酱紫自然不会怪他，也不让自己多想。邮箱里有一封司望舒刚发的邮件，酱紫看看时间，就用微信问她是否方便说话。酱紫站在厨房岛台，一边吃乌迪给她做好的三明治，一边和司望舒视频说话。

司望舒察觉到她心绪沉重，酱紫也就说了，随即解释说自己是难过，但是没问题——司老师的话，喜怒忧思悲恐惊，是情，不是病。

司望舒轻笑了一下，转换话题说艾薇："我总是给你不情之请……"

酱紫说："不是这话——对于我来说，朋友，就是我替自己选择的亲人。不过，我很害怕节目弄砸了怎么办？"

"没关系，要做，但不一定要成——艾薇这辈子就是做什么成什么，才把自己的人生砸得稀里糊涂。节目砸了就砸了，人更重要。"

酱紫喝了口水："陆离听见这话能气疯！乌迪说，五毛硬币，在陆离眼里比轮胎都大。本来他一直鼓动艾薇老师去文旅那边做特色小镇……"

"难得艾薇自己要停一停沉一沉，若真能有些许进步，人生后半程，她会少些苦楚；若不能，不知道还有多少场热闹等着她去赶，不差这一回。"司望舒含笑看着酱紫，"我给你的邮件里有你要的书单，换些书来读也对，不过你自己感觉，不对脾胃也不必勉强……"

酱紫喜欢司望舒带给她的感觉，暖，明亮却柔和……结束通话之后，她在一片安静中，感觉心底那股缓缓流淌的哀感，没有杂念，没有猜忌，甚至，没有判断……这个瞬间弥足珍贵，她竟然可以如此单纯、认真地去琢磨自己的心与情感——她像长久暗夜行路的人，饱受孤单惊恐，天际露出熹微的晨光，让她看见了周遭世界景物的轮廓和身边密密匝匝的众生，不觉轻轻呼出了一口气……

三个月后，酱紫和助理拎着几大包零食冷饮去加班的机房，她知道他在给公司那套应用做系统升级。他们团队几个"紫粉"立刻丢下手里的活儿，跑过来跟酱紫合影，他拿了杯咖啡站着喝，不往跟前凑。

有人敲了敲玻璃间隔，乌迪和综合办主任一起进来，笑着说："看来咱们有点儿多余——望京一姐已经来劳军啦！"

酱紫走过去低声骂她："你少放屁！"

乌迪忍笑说："你还骂我？不是我拦着，陆离都跟来了，非得看看长啥样。我说他也太不淡定了，再吓着谁！"

按照对等外交原则，乙方公司带队的就是他这个兵头将尾的项目总监，盛世薇光有个部门经理陪着都算是高规格了，乌迪过来已经很过分。有人一溜小跑去报信，CTO（首席技术官）从办公室出来，跟乌迪寒暄，乌迪拉着综合办主任说："我把管家奶奶给你们带来了，盒饭要加鸡腿赶快说！"

酱紫趁乱走到他身边，发现他拿着杯冰拿铁，低声说："你的胃不能喝凉的。"

他笑笑，放到了一边，低声说："刚才林晓筱过来，把我叫出去谈话，拿着份我的资料，HR替她从猎头那儿弄来的……"

酱紫一笑，忽然想起，三年前，林晓筱对要和酱紫结婚的他一点儿兴趣都没有，也从来没有见过他，当然，那时候她也只是要和他结婚而已……

乌迪和他自然早就见过，但还是不着痕迹地握手寒暄，他继续加班，酱紫也就跟着乌迪回家了。她还跟乌迪住在一起。酱紫的房子交钥匙后，他和他母亲搬了进去，每月房租五千——他之所以接受酱紫的建议，是想让母亲舒服一些，他不可能用这个价钱租到这种品质的房子。他从同事朋友那里借的钱还有七十多万没有还，过完春节应该能还得差不多。乌迪说："七夕那晚婚博会直播，让他拿着钻戒在节目里向你求一次婚，就你们这韩剧般的爱情故事，随便找家赞助，还两回债都够了——这还是他自己挣的，不是你的钱。"

酱紫没应声。

乌迪笑着说："你们俩作 ×，就细嚼慢咽地恋爱吧。"

保洁拎着巨大的黑色垃圾袋从她们身边走过去，一路关着走廊里的灯。电梯间的大窗户外，夏日黄昏的天色依旧很明亮，窗前，林晓筱站着等电梯，她盯着空无一人的墙角，仿佛在专注地听人讲话，忽然她笑了，点头表示自己知道。电梯到了，开门，她把手里拿的一叠纸塞进包里，进了电梯。

电梯间拐角处，酱紫拽着乌迪没过去，乌迪这时整了整被拉歪的 T 恤："你说林晓筱这到底是治好了，还是没治好？"

酱紫笑笑："我觉得是治好了——她现在活得比以前真实，也更快活——她可以跟我吐槽姜丽丽，也可以跟姜丽丽吐槽我……太执着于正常，反而会弄出病来，谁知道那份幻觉背后是什么呢？"

乌迪笑着说："司望舒的毒，你中得不轻啊。"

那天车限号，她们从楼里出来，沿着路边不急不忙地走着。主路上的车流缓慢，温热的空气里是尘土和食物混合的味道。酱紫说饿了，乌迪问吃什么，抬眼看见前面那家生鲜店门前广告牌上写有新到八月海鲜，就说进去看看有什么，好久没正经做顿饭了……店小人多，乌迪怀抱对食材的巨大热情，身形矫健地挤了进去。酱紫给一个拉着购物车出来的老先生让路，退到了店门外，索性也就不再进去了。也许是气温，也许是酱紫的感觉，行人的步伐也被那和缓的车流拖慢了，时间绵软地落在人身上，如同无物般透过所有感官渗到了心里，你可以去琢磨它的质地与结构——细腻还是粗糙，真空还是实有……

2017 年 12 月 5 日 枫舍